葉餘枝蕪集

凡夫俗子的天命

追尋

葉愚——著

謹將這本小書，獻給我們姊弟們摯愛的母親。

插畫設計：戴嘉敏（Jamin Day）

電影《大聯盟》（*Major League*）裡後來變觸擊的預告全壘打畫面，現在仍然可以在 YouTube 上找到。（見頁 029〈全壘打與救護車〉）

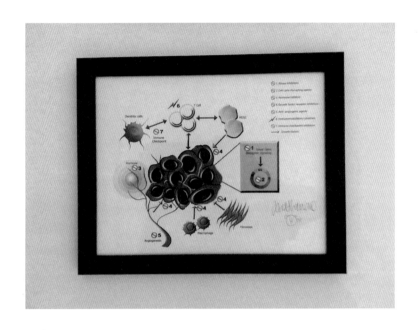

這是我發表在《細胞》（*cell*）論文上面的說明圖。我們實驗室有一位博士後研究員的先生，專長美術設計，這是請他設計出來的。是我第一篇「高檔」論文，因此特別請他在原稿上簽名，裝框掛在客廳。難得嘛。（見頁 039〈星戰文化〉）

父親年輕時的照片。（見頁 077〈父親的傳承〉）

父親年輕時用醫院丟棄的 X 光片夾紙與外盒製作的相簿。（見頁 077〈父親的傳承〉）

網路上常有「這個機器學習演算法想知道，我們要不要訂一打無線鼠來餵我們剛買的 Python（蟒蛇）教本」的笑話。（見頁 080〈時代一小步，我的一大步〉）

美國有不少義大利餐廳以 Vendetta 做店名。（見頁 117〈科西嘉〉）

追尋凡夫俗子的天命

我家附近拉脫維亞路德會教堂（Latvian Lutheran Church）附設的博物館，展出拉脫維亞歷代服飾。拉脫維亞與斯堪地那維亞諸國一樣，信仰以新教路德派為大宗。拉脫維亞男子名必定以 S 結尾（如 Andres），女子名一定以 A 結尾（如 Anna）。（見頁 133〈閒聊各國〉）

匈牙利好友送的 Palya Beáta CD。我到甘迺迪藝術中心聽她演唱時，本想請她在
上面簽名，可惜找不到機會接近。（見頁 143〈匈牙利音樂〉）

追尋凡夫俗子的天命

為我翻譯歌詞的好友 Agnes，來自於匈牙利布達佩斯。以匈牙利文發音，Agnes 近似「阿格涅許」。當地人覺得女孩子名字這樣發音太重，因此一般都叫小名 Agi，近似「阿琪」。由於匈牙利人也是把姓放在名前，我開玩笑說她的名字天生 適合中文化，就叫「何雅琪」。（見頁 145〈阿爸的信念〉）

美國前總統詹森出身德州。他的夫人為了要美化德州土地，因此僱人在全州各處高速公路旁的空地灑下州花——矢車菊（bluebonnet）的種子。春天來臨時，漫山遍野，一片紫藍。從此春天時與家人出遊，下車與矢車菊花海合照，就成為德州居民的傳統。這是女兒五個月大時，帶她與花海合影的照片。那時我還是新手爸爸。（見頁163〈生日快樂。女兒〉）

追尋凡夫俗子的天命

以前這裡是研究人員的宿舍。（見頁 186〈時光隧道〉）

賣主云：「何陋之有？」此之謂也。（見頁 191〈新陋室銘〉）

追尋凡夫俗子的天命

推薦序

曾淑芬 成功大學生命科學系授兼系主任

　　我認識至平快20年，卻不知道他的文筆如此流暢，再怎麼平凡通俗的字句，透過他，栩栩如生的場景人物彷彿在紙上跳躍！

　　1998年甫自美返臺工作，因為和臺北榮總醫師合作的機緣認識了在該實驗室當研究助理的至平；幾次研究討論後的閒聊，獲知他和我一樣都畢業於成功大學化學系，彼此的話題自此不再侷限於科學，也多加了許多對臺南、對成大和系館的記憶。之後，至平到美國繼續深造並留在美國工作，他對我這學姊沒有遺忘，偶爾回臺會捎來一封email告知近況。若有機會來臺南，也會找我聊聊他的研究和在美的工作；每每聽到他的分享，我心裡總覺得他把研究的事說得很輕，但是對生活的感觸卻描述地如此傳神。看了他這本作品集，我懂了—以「凡夫俗子」自謙的至平，日常豈止屈於科學工匠這個名銜，更是科學詩人和生活體驗家！

　　身在學術研究領域的我，對此書Chapter 1研究拾遺中的〈全壘打與救護車〉與〈大聯盟與研究生〉有著相似的感觸和苦悶。

看完〈觀察力〉這篇真慶幸自己能倘佯於生物科學的世界，並從中拾得樂趣。〈科學院報風暴〉的文章感覺就像在聽隔壁實驗室發生的大事。至於〈中西醫結合〉、〈癌從何來〉、〈時代一小步，我的一大步〉則適合與對生醫研究有興趣的學子分享。

在北美念書工作生活過的讀者，看完此書的Chapter 2文化漫步定能莞爾一笑，你我會同意〈語言學習的詛咒〉和〈口音〉的評論；但是〈羅曼蒂克史〉就幽默了。此外，我也特別喜歡讀至平分享與來自於歐洲各國的朋友互動那幾篇文章，讓我想起美國求學時系上俄國和英國的同學，與在同實驗室工作來自義大利、伊朗、印度、墨西哥的同事。

Chapter 3感時懷舊的文章有溫馨，如〈生日快樂，女兒〉、有感傷，如〈返鄉列車〉，也語帶詼諧，如〈新陋室銘〉。

Chapter 4談古論今講述歷史，如〈南與北〉、談經濟與政策評論，如〈社會演化的挖礦模型〉、〈人口分布與選舉〉、〈最後一局〉，並夾帶幾篇移民和城鎮風情的短文。這些再次呈現至平多元的視界和跨領域題材的寫作能力。

這本《追尋凡夫俗子的天命》有至平雲淡風輕的情感，亦有深刻體認的感想，當然最重要是他對生活體驗的分享。在閒暇之時，隨著你們閱讀步調，皆能看到不同的風景。

序

　　這本小冊子，是我刪選、整理過去兩年在社群媒體上的貼文，集結而成。先父是臺灣第一代的電視編劇，我小時候看他每晚爬格子。為了寫劇本，他蒐集了不計其數的小說、故事書、雜誌等等。我從小耳濡目染，愛聽故事，也愛寫點東西。雖然如此，在聯考的洪流下，我沒有繼續寫作，而是大學讀了理科，在研究所做實驗，然後留學美國，畢業後從事癌症研究的工作。可以說，大學畢業以後的日子，都是在實驗室度過的。

　　但是美國的妙處在於，全世界的人都會來到你的門口。我讀的博士班裡，七、八成的學生都是外國人，跟他們聊天，觀察到不同的語言與行為方式，聽聞到各種不同文化背景、社會狀況的故事，為之大開眼界。開始工作以後，同事也是四面八方而來，朝夕相處，對美國民間與政府各方面有了更近距離地觀察。導演李安說他一直覺得自己是局外人，從不同的角度看世界，反而能看到更多的真實。我的經驗可說是庶乎近之。

　　累積了這些故事，就想說給親朋好友聽。正好社群媒體興起，我趁勢開始在網路上講故事。家裡的人很捧場，一直要我寫

下去。主要是因為許多故事喚起了親人塵封已久的回憶。有時說些各個地方的小故事、聊聊各種事物的歷史，跟朋友們討論，頗為愉快。我也就持續下去。寫得愈多，思緒隨之紛然，有時心念一起，竟真的編起故事來，寫了一些短篇小說。

去年母親開始上網，讀我寫的故事，但是讀讀停停，主要因為電腦的使用方式，對老人家還是不便。當時就動念要把親友有興趣的貼文選出來，單獨放在一個檔案。後來姐姐屢次提起此事，今年終於下定決心，把過去兩年多的貼文整理出來。短文容易寫，篇數多，要印出來大約也有個一百來頁，比我的博士論文少不了太多，某些部分花的腦力差不多，寫來卻愉快不少。

這些都是在實驗室忙了一天，下班後回到家，等孩子上床睡覺之後才動筆寫的東西。無論就體裁、內容、技巧而言，都是業餘產物，算不上真正的寫作。如是之故，我給自己取了個「葉愚」的筆名，與大家分享一愚之得。這本集子，自然也是業餘隨筆之無而成，故又名之曰「葉餘枝蕪集」。希望朋友們喜歡這些故事，如果有任何一部分讓讀者看了覺得有別開生面之感，宛如向新世界開了一扇小小的窗子，則於我願足矣。

這本小書在好友溫銳志先生力主之下，才得以出版。在此感謝他的熱心與相助。

葉愚　2018年立春日筆

Contents

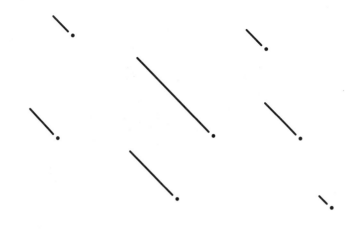

CHAPTER 1

研究拾遺

凡夫俗子的天命

美國有句流傳甚廣的話：「上帝一定最愛普通人——你看祂造了多少。」(God must love common men, He made so many.)（一般都說出自林肯，其實沒有根據。）這句話看來是普通人自我解嘲用的，但在演化生物學上實有其深意。

一個群體裡的「佼佼者」，用演化生物學的術語來說就是「最適者」(Individual of the highest fitness)：不論以什麼方式，能夠在獲取資源上占有優勢的個體。這就像我們所看到的天才、菁英、明星，以他們的聰明才智，和天生的社會地位，收穫了社會資源，繁榮昌盛。

在舊時的社會達爾文主義中，這些人是贏家，因此他們占用普通人的資源也是無可奈何、甚至無關緊要之事。普通人要做的，是努力向上，也成為菁英，這是演化告訴我們的殘酷現實。

真是如此嗎？

「生命是不完美而有限的。然而正因為不完美，每個生命才能塑造出自己的獨特之處，探索世界的無限可能。」這句話像是某個文學家的名言。其實不是，這是取自探討老化成因論文中的

一段話，加以改寫的：

"Imperfectness is also at the heart of life, because it produces variation from which more fit organisms can be selected." [1]

我們對演化更加了解後，發現生物體一生中不斷累積瑕疵，最後造成結構與功能崩潰，生命就完結了。這是複雜結構體無法避免的命運。然而，瑕疵也造成了遺傳變異，創造出新功能，使生物體能利用新資源，找到新的生活方式。從這一點看來，瑕疵不僅無法避免，也是生物演化必要的因素。

換句話說，沒有一個人能完美複製父母身上的基因，人天生不可能是完美的產物。但是不完美的複製造成差異，因此每個人面對問題、解決問題的方式各有不同，就成為個性。原來，「個性」來自於不完美。

從反面看來，如果每個生物體都是「完美」的，他們就都會來自同一個「完美」的來源，彼此之間也就都一模一樣，結果他們只能生存在一個「完美」的環境，只要一點變動，就會剎那間全部煙消雲散。

所以正是生命的不完美，使我們努力地活下去，並從中發掘生命的潛力。

我們這個社會所強調的「競爭力」(社會達爾文主義)，其實是迫使每個人去爭取相同的資源。久而久之，每個人所思、所

1　Vadim N. Gladyshev. *Aging: progressive decline in fitness due to the rising deleteriome adjusted by genetic, environmental, and stochastic processes.* Aging Cell (2016) 15:594-602

學、所想都會趨於一致，而偏偏人生是一個不完美卻又複雜的歷程，有太多的趨勢、機會與可能。每個人不同的個性、經驗，就在此時發揮作用。

普通人意味著與贏家不同，普通人是人類基因對未來的投資。當你覺得你的想法不合時宜，無法出人頭地，也許你因此拯救了人類的未來。這是演化給予平凡人的救贖，了解生老病死，就是我輩的天命啊。

這本書裡的故事，都是我從世界各地的普通人那裡蒐集來的。可是，你瞧，每個普通人，在別的普通人眼裡竟是那樣特別。所以我驚嘆於俄國人的「荒謬」、西班牙人的「沉重」、英國人的「階級意識」、黎巴嫩人的「漂泊」等等，以及他們帶給我的，我從沒聽說過的故事。

我從小到大一直依照父母師長的要求做個「菁英」，結果與他們期望甚遠，成了普通人。

這是我能回報給他們的最好的禮物，所以我寫了《追尋凡夫俗子的天命》。

科學工匠

陳之藩先生在〈科學與詩〉一文中說道:

「現在的科學家,據愛因斯坦的解釋,研究科學的動機是為了逃避這個紛擾的世界。這個世界已成了畢加索的畫,天翻地覆,一塌糊塗。科學家與詩人們卻走向另一個世界去。那裡的山青,那裡的水綠,那裡的草長,那裡的鶯飛,流連忘返是理有固然的。」

這是科學詩人的境界,陳先生可當之。我等凡夫俗子遠望那落英繽紛、芳草鮮美的世界,宛如桃花源,心嚮往之。雖然每天得回到武陵山下,為柴米油鹽醬醋茶煩惱,只能做個科學工匠,做不成科學詩人。但偶然循著漁夫的蹤跡,又撞見了一回美景,心中的歡喜,無法言喻。如此雖為工匠,亦有三分瀟灑。

科學不怕匠氣,怕庸俗。科學桃花源洞口插上個大招牌,劃地為王,順我者生,那桃花源也就完了。菲利普・萊納德(Pillipp Lenard)與約翰內斯・斯塔克(Johannes Stark)都曾獲得諾貝爾物理學獎,也算一代大師。但希特勒興起之後,兩人愛國心切,加入納粹黨,站在政治上對的一邊,享受群眾掌聲,跟著

希特勒清算其他族裔的科學家。他們大罵愛因斯坦的相對論是「猶太科學」，會汙染純淨的「亞利安人」的「德國科學」。愛因斯坦只好逃到美國。

事情還沒完。愛因斯坦死後沒幾年，中國開始三面紅旗大躍進，一切馬列唯物論。相對論因為抽象難懂，被共產黨批判為「腐敗的資產主義唯心論」，受到群眾全面否定。愛因斯坦更同時受到極右派與極左派反對、批鬥，前無古人，成為歷史奇觀。

而回歸祖國的錢學森受到無產階級革命勝利感召，群眾意志戰勝一切的激勵，在人民掌聲擁護的催促下，發表了畝產萬斤的科學理論基礎。理論確實有效，不多久許多人民就超英趕美，直接上天堂了。

科學工匠一邊看著安安靜靜的桃花源，一邊看著群眾簇擁的勝利者，有時竟也無從選擇起了。

照舊回去做工罷。

全壘打與救護車

　　現代的研究體制，一言以蔽之，就是要科學家自己找錢來做研究。為了拿到錢，科學家要寫計畫書，說服金主自己的研究多麼重要，多麼有希望，然後應該要多少錢，這就是所謂的專案補助（Grant）。這幾十年來，教授（Professor）的稱呼往往為專案研究主持人（Principle Investigator, PI）所取代，就是因為前者只是個頭銜，後者才是他真正所從事的。美國的專案研究主持人大部分時間其實都用來寫專案補助申請書（Grant proposal），乃至於焚膏繼晷、椎心泣血之境地。君不見美國學術界的大教授們，講臺上一站，個個學理充分，口若懸河，舌粲蓮花，其實是因為這些人真正的專業是——寫作。

　　為了生存，科學家在獲得專案補助之前與之後，分別有兩種策略。獲得補助前要「追救護車」。這個字眼是從美國形容律師形象的俗話而來。在美國，律師的最大宗收入並不是向委託人收費，而是賠償金。原來美國法律允許律師從賠償金中抽成，因此有種律師專門「低價」打各種要求賠償的官司——從車禍、職業傷害乃至於跟廠商提集體訴訟等等，求償時獅子大開口，再狠狠

從賠償金上咬一大塊下來。這種律師往往從報上新聞鎖定苦主，「好心」地主動聯絡，俗話叫 "Chasing the ambulance"，意指律師一聽到救護車警笛聲，就衝出去追在後面，打算找到車禍傷患幫他打官司，後來就用來形容人見錢眼開的樣子。前二天開會，有個研究員說現在一些大牌教授找研究題目的方式是 "chasing the ambulance"，聞之絕倒。回頭一想，我們在寫專案補助申請書時，不就都是在「追救護車」嘛？

獲得補助之後，要假裝「預告全壘打」（Call shot）。

預告全壘打，是指打擊前手指某一方向，向觀眾宣布要往那裡打出全壘打。美國棒球史上，只有貝比‧魯斯（Babe Ruth）打出過預告全壘打，而且還是1932年「世界大賽」洋基對小熊比賽中擊出的。想當然耳，預告全壘打是對投手最嚴重的侮辱，如果有人敢這麼做，一定會被觸身球伺候到退場（這是小熊隊投手堅持魯斯沒有預告全壘打的重要論點）。魯斯之後，即使是開玩笑，也沒人敢在正式比賽做這種動作。好像是前年大聯盟明星賽，曾打算在全壘打大賽玩預告全壘打的花樣，但即使投手只是餵球──有些甚至是野手充當投手，還是不敢真做。後來有人建議找兒童上場幫打者預告，代指個方向，最後還是做罷，由此可知此舉爭議多大。

真的比賽不敢，假的比賽就拿來玩。1989年電影《大聯盟》，印第安人隊老闆娘想把球隊搞爛，轉賣遷隊，於是出清球員，找進一堆蝦兵蟹將。但因為球隊一干人不甘心，於是教練帶

著這群五四三球員，屢出奇招，沒想到竟然過關斬將，劍指第一。電影最後一幕就是當季的最後一場比賽，贏了才能拿到分區冠軍。第九局下半兩出局，二壘有人，印第安人的打者竟然囂張地將手指向中外野，預告全壘打！投手馬上賞他一記靠頭部的近身球。打者閃過之後，再度指向中外野。投手不能再投近身球（會被趕出場），於是狠狠來個直球。沒想到打者瞬間變俗仔，改用觸擊，讓內野防守措手不及，二壘跑者衝回本壘得分，贏得分區冠軍。讀大學時我與室友講到預告全壘打變觸擊的俗仔行徑時，總是快笑破肚皮。

事隔多年，我忽然想到這部片。我們常常在寫專案補助申請書時，提出偉大的目標，等到獲得補助後，什麼結果都可以，能登上期刊就好。這不就是預告全壘打變觸擊？難怪我看這部片這麼熟悉。管別人叫我俗仔，先得分再說！

現在研究環境變成這樣，以往象牙塔裡的科學家要向律師與電影學習，能夠誠實地做研究已屬上乘。有一次我與同事說：「不要抱怨了，我們終究還能擁有保持高尚品格的奢侈！」（We have the luxury to be decent）時代如此，只嘆奈何。

大聯盟與研究生

　　臺灣來的留學生大概沒有不看棒球的。到了美國之後，大多數人要嘛支持就讀學校所在地的球隊，要嘛成了定居城市的主場球迷。當然，有臺灣選手的球隊大家都會捧場的。

　　結果我不是太空人的球迷，也算不上國民隊的觀眾。我的球隊是邁阿密馬林魚。不是因為它的戰績（長年爛），也不是因為陳偉殷或鈴木一朗——雖然能看到他們出賽我會很高興，而是因為馬林魚一向是支專門蒐集廉價勞工的爛隊。直到最近幾年球團才花大錢在少數球員上，可是老闆仍是那個惡名昭彰、眼中只有快錢的羅瑞亞。

　　一切都要從2003年說起。

　　那時我與妻到美國已經兩、三年，小孩剛出生，每天在實驗室忙著，前途未定，也沒什麼時間看球賽。十月大聯盟季後賽開始，隨便看看，碰上轉播國聯冠軍戰小熊對馬林魚。那年小熊呼聲極高，隊中雙雄凱瑞·伍德（Kerry Wood）與馬克·普萊爾（Mark Prior）大殺四方，記得那年凱瑞·伍德差點投出一場20K的比賽。外野手有摩西斯·阿魯（Moisés Alou），教練則是得過

獎（但是後來以操壞投手聞名）的達斯蒂・貝克（Dusty Baker）。馬林魚是從外卡擠進來的，陣中有……不認識。這自然是因為我球賽看得少的緣故，有眼不識天下第一捕手伊凡・羅德里奎茲（I-Rod）。無論如何，小熊看來是穩操勝券。

國聯冠軍戰第六場前，小熊隊贏三場。再贏一場就晉級總決賽──亦即「世界大賽」，World Series。一切看來那麼順理成章，即使是一百年來飽受虐待的小熊球迷也興奮起來：就是這一年（This is the year）！馬克・普萊爾投球威風凜凜，馬林魚一直掛蛋。小熊隊則得分、再得分、又得分。達斯蒂・貝克得意洋洋。反觀馬林魚那邊，除了羅德里奎茲，都是一堆低薪的年輕球員。教練傑克・麥肯（Jack McKeon），七十歲的老爺爺，坐在場邊不停嗑瓜子。他似乎不太關心比賽，我彷彿聽到他對球員說：「已經打到國聯冠軍戰，可以向老闆交代了，剩下來是你們的事。」

馬林魚先發投到第六局，失兩分。阿公教練換上一個年輕的投手，唐崔利・威利斯（Dontrelle Willis），人稱D-Train。小伙子一臉惶恐。他投球姿勢非常怪異，經過十幾年我仍然印象深刻。

D-Train知道這是他表現的機會，但是一直投壞球。阿公教練上去跟他說兩句話，他的表情還是那麼緊張，彷彿教練說的是：「孩子，後面沒人了，投吧。要下地獄還是上天堂，自己看著辦吧。」

當然，失一分後，阿公還是把他換下來。我看到他絕望的神

情，還有手裡拿著球棒，口中吹著泡泡糖，站上打擊區的米格爾·卡布瑞拉（Miguel Cabrera）。那時他還是一個身材纖細，長著娃娃臉的少年，跟後來成了老虎隊第四棒，留著落腮鬍的「大隻佬」截然不同。他一臉不在乎、有今天沒明天的神氣。

更不用說馬林魚隊休息區裡的投手、還沒留小鬍子的賈許·貝基特（Josh Beckett），他瞪著鏡頭，完全是桀驁不馴的態度。

這一堆就是當時季後賽最廉價的過客（包括教練）。也許十月過完下放的下放、轉讓的轉讓，再把最貴的羅德里奎茲賣掉。面對小熊的豪華陣容，馬林魚的球迷（如果還有的話）只能自慚形穢，頭上套個紙袋去看球。

第八局，三比零。只差六個出局數，小熊隊就能繼1945年後再度前往世界大賽。接下來發生了棒球史上最大逆轉奇蹟，馬林魚竟然因為小熊隊球迷干擾接殺，死裡逃生，進而贏得勝利。我坐在電視機前目瞪口呆，不敢相信這種事情真的會發生。

馬林魚贏了國聯冠軍賽。當年美聯冠軍戰也有個奇蹟發生：洋基二勝三敗，第六場扳平，第七場再見全壘打逆轉紅襪，把紅襪迷氣得吐血。馬林魚九死一生，世界大賽面對邪惡帝國的豪華陣容，卻成了地獄使者，第六場賈許·貝基特狠狠賞了洋基一顆鴨蛋，助隊獲勝，拿到世界大賽最有價值球員獎（WS MVP）。這還不打緊，他後來轉到紅襪，繼續教訓洋基隊。

那年季後賽，比任何甲子園棒球漫畫都來得誇張。

馬林魚獲勝後，老闆羅瑞亞立刻興奮地宣布，他會保留冠軍

陣容，補強陣容，打造佛州的棒球王朝。全場球迷歡聲雷動。

一切都是羅瑞亞在胡說八道。

他從頭到尾就是個唯利是圖、貪婪、炒短線的混蛋。先用遷走冠軍隊要脅邁阿密建一座新球場（話又說回來，原場地是跟美足海豚隊共用的長方形球場，也很可恥），然後照例賣掉有價值的球員，海撈一筆。最後再從多明尼加、波多黎各撿些便宜到簡直不要錢的年輕球員來搪塞。

許多球迷大失所望，馬林魚再度成為票房毒藥。然而我讀著這一連串新聞，忽然有似曾相似之感——這不就跟當代生物學家的職業生涯一樣嗎？

碩士班是1A小聯盟，博士班是2A小聯盟，博士後是3A小聯盟。一直到3A，都是一堆拿可憐低薪的年輕人在拚命，每個人都夢想拿出漂亮的成果，大聯盟又適時出現空缺（教職），能夠幸運升上去。就像電影《百萬金臂》（*Bull Durham*）一般，也有人一輩子留在小聯盟。

好不容易升上大聯盟（助理教授），只能拿最低薪，沒有長約保障，隨時可能降回小聯盟。辛苦拚來的成績（專案補助），只不過是增加球隊的收入，拿來養大明星的肥約（所謂的「黃金降落傘」，Golden parachute）。拚了許多年，站穩腳步後，還要一直維持良好狀態，不然一切可能隨時結束。

三不五時看到一些有過人天分的年輕人輕鬆爬上來，夜深人靜時就會感嘆得要命。更不堪的是一些過氣的傢伙有肥約保護，

你的貢獻還要養他。

　　到頭來還是因為你喜歡科學、想要研究，不做科學你日子難過，如此你才能支撐下去。

　　爛隊馬林魚的年輕球員知道自己的價值與處境，因此每個人上場眼中都閃著火花。這一棒沒打出去，就沒有下一場。下一場沒先發，可能就要回老家。就像我想像中的阿公教練對D-Train說的：「孩子，後面沒人了，投吧。」他們是我們的同類呀！從此我就成了馬林魚的球迷。

　　前兩天實驗室例行會議進行中，忽然想起了《百萬金臂》這部電影。

　　新來的博士後研究員（Postdoctorall fellow，簡稱Postdoc）不但認真，而且有「說故事」的天分，可以把一篇平淡無奇的文章說得頭頭是道。會議中她給問了不少問題，顯然要發表這些結果，有好些硬仗要打。我覺得該是點她一下的時候。

　　會後我把她叫到一旁：「阿華，你到這來多久了？」

　　阿華愣住了：「今年初來的。」

　　「博士後研究做個幾年，一定要發表論文，才能規劃下一步。特別是我認為妳很適合當教授，如果有心走這條路，就要特別注意時間規劃。」

　　「怎麼說呢？」

　　「申請教職的時候，要有一篇發表在高檔期刊的主要論文，還要有自己的計畫經費，這樣才找得到像樣的教職，否則就很容

易淪落到學術界的血汗工廠。假定妳在第五年找到工作，那麼從第四年中到第五年中，妳都在申請研究計畫。因此滿三年半的時候，高檔期刊已經接受妳的主要論文了。

以妳現在的進度，樂觀估計是第三年初投稿，然後第三年大概都在補做實驗、應付評論者的問題，甚至換期刊投，這樣大概到第三年中才會確定論文會在哪裡發表。

可是每個研究都有風險，我們不知道妳這篇能不能發表在高檔期刊。因此當實驗資料累積到能寫論文時，妳就要準備做下一個研究。這些大約都是第二年底的時候就要開始。

這之間最好還能寫兩三篇回顧論文（Review）。這樣一來，等到妳找工作時，履歷表上就有好幾篇論文，再加上研究經費，找像樣的教職應該就不難了。

有好的論文發表，找工作就容易得多，也減少換工作的次數。妳要知道，現在許多地方找博士後研究員，都有年資限制──而之前在別的地方做過博士後的年資都要算進去的。」

阿華心領神會，點頭稱是，回去工作了。

這時老闆過來了。

「我要去開會，今天大概就不回辦公室了。有啥事需要跟我說的嗎？」

一個念頭在我心中閃過：「老闆，你最近一直想到的那個主意，臨床上很重要又會有一定的結果。這跟阿華現在做的很相關，就交給她做吧？」

老闆眼睛一亮：「好主意！這樣她就有第二篇論文了，也就不怕現在這個實驗風險太大。」

幫助有天分又努力的年輕人，就是職場老鳥的責任。我的工作，像小聯盟的教練，目標就是把有潛力的選手送上大聯盟啊。

星戰文化

　　這兩天放假，孩子們指名要看《星際大戰》（*Star Wars*）第八集。這年頭兒女命難違，準備乖乖帶他們去看。

　　星戰系列在美國已經是社會文化的一部分，好像不看也不行。特別是美國本土的科學家，都是看星戰與星艦（*Star Trek*）系列長大的，說起話來動不動要加上這兩部影片（集）的典故。開車觀察預測、鄰車動向，就說自己有「絕地武士的感應能力」（Jedi training），能說服他人叫做「絕地武士的心靈控制能力」（Jedi mind trick），到公司工作叫做「加入唯利是圖的黑暗界」（Join the dark side）等等。有個教授，不苟言笑，說話只談實驗，學生看到她都閃得遠遠的，於是給她取綽號叫「黑武士」（Darth Vader）。至於五月四日要慶祝「星戰日」（May the 4th [May the force] be with you），已經在各個研究機構行之有年。

　　星戰系列中很重要的情節是師徒關係，無論是絕地武士或是黑暗勢力都是師徒相承。這與學術界有奇妙的關聯。通常學生會學老師的風格，當了教授後會用類似的方式做研究、管實驗室、帶學生。幾年前，有位系出名門的博士後研究員風光進入本研究

院成為研究員，設立自己的實驗室，把她「師父」那一套用在實驗室，不到一年，手下全面叛變，勞動敝院大老出面排解。後來在大老曉諭下，這個新研究員幡然有悟，改變風格，逐漸安定下來。我們一看就說，我們把白卜庭（Palpatine）的徒弟拉回絕地（Jedi）之境了。

黑暗界出身的，散發出的黑暗原力能輕易辨別出來。有一次我去開會，名教授TJ談到小鼠模型突變量不足，他就乾脆用人工方式硬是製造突變，如此就能輕易發表在高檔期刊。我一聽皺起眉頭，心想這種強迫中獎的方式好熟悉啊，結果一查，果然是東岸名校出身的，該校研究人員素有「為達目的手段不論」的名聲，難怪十呎外就能感應他的Dark Force！

TJ教出的，自然也充滿了黑暗原力。兩年前我在超高檔期刊刊出一篇回顧論文，雖然不是正港的研究論文，但生平第一遭，還是非常得意。沒想到第二天有個老兄發電郵來指責我們，摘譯如下：

「恭喜您的回顧論文發表在《細胞》。

雖然您的論文正好符合了最近的重要潮流，但很不幸地，該文的引用卻錯失了我所發表的一篇很重要的論文A。即使您有引用本實驗室的另一篇論文B，錯過我的論文A是文獻回顧上的重大失誤。

您引用別人的一篇論文，無法說明我的論文A能解釋的範圍。我能了解期刊容許的篇幅總是有限，但錯失了像我這麼重要

的論文，不但是重大失誤，更會讓您整篇文章有誤導之嫌。」

我讀了之後，差點沒直接回 "Go fxxx yourself" 給這個狗仗人勢的東西。早上起來，還在想怎麼回才不會失去風度時，老闆已經給他回信了：

「多謝來函。抱歉我們無法引用所能想到的所有論文。然而，全面探討所有的論文也不是此篇回顧的目的，而且您的研究領域，也占不到本文探討範圍的1%。

我相信您上次發表的有名回顧論文，已經詳細說明您的研究，有興趣的人，自然可以詳加研讀。」

我一看老闆發揮了Jedi mind trick，佩服得五體投地。再往下看，老闆說，請順便代我向您的師父TJ問好。此時我恍然大悟，原來是Dark side來的！

觀察力

　　大部分的研究機構都有期刊討論會（Journal Club），安排研究人員輪流挑選一篇有興趣的論文，上臺向大家介紹與討論的定期聚會。子曰：「學而時習之，不亦說乎。」讀一篇優秀的論文，分析作者的思路，整理其結果，從中學習，原本應該是美事一椿。但是這幾年，愈是高檔的論文，內容愈是複雜，也更容易見樹不見林。如此一來，為了看懂要多花幾倍時間，能令人省思之處卻日見貧乏。到了現在，許多基層研究人員視期刊討論會為畏途。選的論文不夠高檔，大家不想聽；選出檔次高的，講解困難，收益不多，所有人都洩氣。

　　事情是如何演變的，以至於斯？原來現代生物學的起源與分類學有很大的關係，先分門別類，繼而鑑定彼此關係，由此進展到系統發生學（Phylogenetics）以及遺傳學（Genetics）。孟德爾發展出近代遺傳學之後，生物學有很大一部分仰賴數學模型分析，再由此發展出生態學與生物統計學。但在一般人印象中，生物學家的主要本領仍是觀察、蒐集、鑑定。謠傳原子核物理學之父拉塞福（Ernest Rutherford）曾驕傲地說：「科學只有物理一個

學科，其他不過像是集郵而已。」（All science is either physics or stamp collecting.）準此，生物學簡直成了把郵票放在分類集郵冊裡的活動。

　　一直到二十世紀中期，大部分的生物研究仍然是「敘述性」的。也就是說，詳細描述觀察結果，而不專注在解釋運作原理上。眼見著物理與化學原理一日千里的發展，生物學這樣的特性，自然不能使人滿意。DNA結構的發現改變了一切。分子生物學創立了，從此以後，生物學家終於揚眉吐氣，能用研究收音機電路的方法，研究細胞。像這樣以分析基因、蛋白質等細胞基礎元件的作用，解釋觀察到的現象，稱之為「分子機制」。細胞基礎元件有百萬種，「分子機制」就有千萬條，從此研究日趨複雜。期刊編輯紛紛以「創新度」（novelty）與「分子機制」為刊登標準，愈是高檔期刊，愈是如此。結果研究人員拚命鑽牛角尖，競相用大同小異的方式尋找「新」的分子機制，學術研究成了新八股文，各種不同的高檔期刊成了取士的科舉。尤有甚者，找到新分子機制的機會，跟地毯式尋寶一樣，與人力財力成正比。學術界從此成了大興軍備競賽的叢林，做研究惟「財」是尚，人人都去追救護車。

　　我對大堆頭的「分子機制」論文頗有戒心，說是偏見也行，總覺得那真是抹煞科學好奇心的無底洞。為期刊討論會找論文時，我總喜歡挑一些從日常生活中得到啟發的研究。有一次，我

找到一篇論文[2]，作者是個牙醫，久聞同行間流傳的城市傳說：紅髮的人（redheads）最怕看牙醫，所以牙齒很爛。她先是以統計方法分析病歷（美國染髮盛行，紅髮頗受歡迎，因此還要問紅髮是真的還是染的），證實紅髮與牙齒狀況確實顯著相關。與紅髮有關的基因變異有好幾種，因此她蒐集病人的DNA，送去定序，結果發現有個同時控制黑色素產生與麻醉感覺的基因MC1R，如果帶著產生紅髮的變異，與「對牙醫的恐懼反應」及「不良牙齒」的相關性最高。這個基因變異會提高止痛門檻，使帶基因者對痛覺過敏，或是不易麻醉。因此紅髮者對看牙科會非常焦慮甚至逃避。因此結論是牙醫的傳說是真的，也找到了造成這種現象的基因。這也可以解釋從古到今歐美文化對紅髮者都有暴躁易怒的刻板印象。

雖然這篇論文缺乏了不起的「分子機制」研究，但解釋了日常生活觀察到的現象，每個人讀了都會心一笑，甚至連《紐約時報》的部落格都特別報導。我從一開始上臺報告，底下就笑聲不斷。大家左顧右盼，看看周圍有沒有紅頭髮的人（包括深黃色者，稱為ginger）。我的老闆也笑得很開心。講完後有人問我說：「你知道你的老闆是紅髮嗎？」我吃了一驚，答不知道──我認識他時，他頭髮就將近全白了。難怪大家笑得這麼開心。

---

2 Catherine J. Binkley,et al. Genetic Variations Associated With Red Hair Color and Fear of Dental Pain, Anxiety Regarding Dental Care and Avoidance of Dental Care. J Am Dent Assoc. 2009 Jul; 140（7）: 896-905.

從那次開始，實驗室經理總是把我排成每年期刊討論會的第一個講者——這也成了我們大實驗室的「傳統」。我後來也講了不少有趣的論文，但這篇仍然是我最喜歡的一篇。

　　新年度開始，又要挑論文報告。我在一個月前看到一篇很有趣的論文。加拿大有個園藝博士班學生在家養椿象，為防髒，蟲盒裡墊了張報紙。沒想到蟲兒下蛋在紙上白色部分，蛋就是白的；下在黑色部分，蛋就是黑的。他從沒想過蟲兒竟然能「控制」蛋的顏色！於是將蟲兒帶到實驗室詳細研究，發現椿象會依照葉片顏色的深淺，「決定」蛋是變白還是變黑。但這並不是為了欺敵，是因為葉子深色的部分代表是在葉子的上面，會曬到太陽，所以把蛋變成黑色才能防曬，否則陽光中的紫外線能夠輕易地破壞發育。

　　這個研究所有的實驗都簡單到中學生可以在自己家裡做。但是因為是個新發現的現象，又很有趣，且有演化上的意義，因此獲得著名期刊《當代生物學》（*Current Biology*）刊登[3]，而且高檔期刊《科學》（*Science*）新聞頁特別選錄報導。後來連加拿大媒體也紛紛報導，一時之間該學生成了養蟲名人。大家聽完反應非常熱烈，提出各式各樣的問題，特別是母蟲怎麼決定蛋的顏色，尤其引來許多討論。有個女孩子甚至說，應該把蟲弄瞎，在看不到周遭顏色的情形下生蛋，看蛋是什麼顏色。我說這實在是個好

3　Abram PK et al. An Insect with Selective Control of Egg Coloration. Curr. Biol. (2015), 25: 2007-11

主意，動物研究倫理委員會應該不會有意見。原本半小時就能講完的材料，花了一個多小時才在大家的笑聲中結束。

　　這些有趣的論文，告訴大家觀察力的重要。即使出了實驗室，我們在日常生活中也能看到許多值得研究的現象。好奇心、求知欲才是科學的初衷，觀察力才是研究的根本。在今天，許多人做研究只是為了把論文刊登在高檔期刊，爭取研究經費。我一方面擔心如此遲早會扼殺下一代的研究種子，另一方面卻又為這些聰明人不能體會科學研究的真正樂趣而惋惜。

科學院報風暴

《美國國家科學院會報》（*Proceeding of National Academy of Science USA*，簡稱PNAS）。原本屬於第一流期刊之列（first tier），但這幾年地盤逐漸為《自然》（*Nature*）、《科學》（*Science*）、《細胞》（*cell*）三巨頭的子期刊瓜分蠶食，逐漸失去風采。加上審稿時間過長，編輯規定繁複，頗為人詬病，近年來逐漸退往二流之列。

然而以往《美國國家科學院會報》與一般期刊最不同的是：美國國家科學院院士每年可以推薦若干篇論文，不經同儕審查（peer review）即刊登──所謂「第一管道」（Track I）。這個「後門」乍看之下不太公平，然而卻有其重要功能。大家都知道如果一篇論文的結果與流行的觀念差太遠，是很不容易被接受的，但這卻可能阻礙科學的進步。有了「第一管道」，院士們盡可選出一些「超時代」的研究，引起大家注意而不受舊想法束縛。之前最有名的例子就是發現DNA雙螺旋結構的詹姆士·華生（James Watson）推薦了凱利·穆里斯（Kary Mullis）的聚合酶連鎖反應（Polymerase Chain Reaction, PCR）論文，最後穆里斯也得

了諾貝爾獎。

（其實華生的「先見之明」命中率不太高。後來他認為抗血管新生與抗氧化劑可以治癌防癌，結果都跟他想得不一樣。不過他很愛出風頭，記者也喜歡採訪他。）

原本院士一年可以推薦十二篇、然後縮成十篇。在下的指導教授洪師曾說：「這篇送《自然》如果上不了，就交給溫公（洪師的師父，科學院院士）幫忙登在《美國國家科學院會報》上。但是一年最多請他幫一次，他還有別人的忙要幫。」

後來有些人濫用這個管道，以至於最後院士一年只能推薦一篇。但即使只是一篇，這個管道最後還是在2010年關閉了。關閉的導火線不是濫用的問題，而是有人懷疑院士的精神有問題。

引發這個風暴的院士是琳・馬古利斯（Lynn Margulis）。

如果要給另類偏執做個排名，馬古利斯絕對是名列前茅。相較之下，華生或溫柏格只不過是聰明自負的正常人。

如果生物學的學生沒聽過琳・馬古利斯是誰，請趕快買她任何一本著作來看。歷史上有成千上萬的生物學家，但是想像力像她如此大膽者，真是沒幾個人。如果比霸氣，與之相較，川普只是隻被寵壞、不斷向選民撒嬌討拍的小貓。

馬古利斯一出道沒多久，就提出真核細胞中的粒線體，源自於原核細菌的假說。這完全不見容於當時的主流──新達爾文學派。馬古利斯不斷尋找證據，逐漸說服一整代的生物學家接受這個大膽的觀念。到現在粒線體的細菌起源說已成定論，變成理所

當然的「常識」。

　　在這個過程中，可想而知，馬古利斯不斷受到打壓，任何一個比較「正常」的人士絕對無法堅持下去的。她本身性格原本就是剛強執拗的一路。她有兩段婚姻，第一任丈夫是大名鼎鼎的天文學家卡爾·薩根（Carl Sagan）。美國所有的天文學家，小時候的偶像百分之百一定是薩根。薩根知識淵博，才氣縱橫，英文稱之為「文藝復興人」（Renaissance man）。他一生致力於尋找外星生命與傳播天文學知識，創立了電視節目《宇宙》（Cosmos），影響了一整代的年輕學子。

　　理論上來說，與薩根這樣的人結婚，生活應當相當有趣。但是一個屋簷下顯然容不下兩個不世出的英才，兩人結婚六年後仳離。他們育有二子，從遺傳學上來說，這兩人應該一出生就是諾貝爾獎候選人。但是兩人終生都籠罩在父母陰影之下，都是規規矩矩的正常人，行事非常低調。

　　馬古利斯後來又有了第二段婚姻，從此冠上夫姓，但也是離婚收場。她曾說：「我從妻子的職位上辭職兩次，因為我沒辦法兼差做兩種工作。」

　　馬古利斯從主流打壓中崛起，以後索性對主流全面開戰。她依據自己的創見，堅持「共生」才是演化的動力，全面否定新達爾文學派主張的基因篩選與競爭（這一派當世的代言人是理查·道金斯〔Richard Dawkins〕）。她曾說：達爾文是對的，新達爾文學派絕對是錯的。

她的成就，在八〇年代廣受認同，榮譽滿著，也當選美國國家科學院院士。

現在一切向錢看的學術界，再也出不了這樣的人了。

馬古利斯晚年的偏執愈發嚴重。雖然學界已經公認共生是演化的重要驅動力，但馬古利斯認為共生比任何因素都重要，而且抱怨「主流」學派就是不願意多加研究這個想法。

她已經開始與時代脫節，渾然不覺DNA定序已經解答出許多陳年的問題——也或許是她不自覺地忽略不同結果。我們對此無須深責，因為面對權勢的壓迫，只有固執的人才能堅持到底；但是支撐到證明自己之後，往往開始固執己見，忽略別人看法，就像馬丁·路德與喀爾文一般。我們都只是凡人。

英國有個生物學教授唐納·威廉森（Donald Williamson），長年以來一直提倡「混種」是促成「變態發育」（例如毛毛蟲變蝴蝶）的原因。他的說法是：變態昆蟲是昆蟲與環節蟲類混種的產物。因此毛毛蟲像環節蟲，蝴蝶像飛蟲。大家都覺得這種說法很荒謬，沒什麼人理會。

2009年他寄了一篇手稿給馬古利斯，解釋他的理論，還呼籲學界進行昆蟲與環節蟲的基因組定序，證實他的假說。馬古利斯覺得這種說法與她的共生理論相呼應，非常欣賞，因此通過第一管道把它刊登在《美國國家科學院會報》上。

這下炸了鍋了。

馬古利斯之外，所有的生物學家一致痛批這篇論文，認為這

是濫用「第一管道」的最明顯例子。有人大罵這是《美國國家科學院會報》之恥，有人說這篇文章不應該登在國家學院（National Academy），應該是登在《國家詢問報》（*National Enquirer*，美國著名的低俗八卦小報）。

　　一個月後，有人在《美國國家科學院會報》刊出反駁文，針對威廉森的論點一一駁斥。其中的殺手鐧是：威廉森呼籲的昆蟲與環節蟲的基因組定序，早就有人做了（拜託，當時已經二十一世紀、2009年了），所有的結果都跟威廉森的預測相反。威廉森要不是不讀書，要不就是挑自己想要的資料，怪不得所有人一起開罵。

　　威廉森縮頭回去做烏龜，馬古利斯照舊堅持己見，苦的就是《美國國家科學院會報》編輯部，完全啞巴吃黃蓮。總要找個東西頂罪，於是就把「第一管道」廢了。其實非常可惜。如果所有的期刊都是以提高引用率為目標，科學研究總有一天會完蛋的。

　　馬古利斯後來提倡各種陰謀論，包括愛滋病的症狀不是HIV引起的、911事件世貿大樓是自己人炸掉的等等，開始有點被害妄想症的樣子。她與主流派爭鬥多年，那姿態簡直像是要「與之偕亡」。

　　2011年，馬古利斯中風過世，享年七十三歲。學術主流沒有隨她而去，只是更加苦悶。

好奇心缺乏症

按理說，現在應該是寫作的黃金時代。

《夢幻成真》（*Field of Dreams*）是我非常喜愛的一部電影，原著小說叫《赤腳喬》（*Shoeless Joe*），作者是威廉‧坎賽拉（William P. Kinsella）。故事裡有位小鎮的醫師，年輕時在大聯盟打過「一局」的球，後來放棄了職業球員的夢想。

這位醫師——阿奇‧葛蘭姆（Archibald Graham），綽號是「月光」（Moonlight，有點兼差的意思）——真有其人。作者坎賽拉雖然是個加拿大人，但是對棒球非常著迷，沒事喜歡翻大聯盟歷年各項紀錄的大部頭書。有回他無意中看到「月光」葛蘭姆只出賽一局，以後不知所終。這引起了他的好奇心，一路追查，終於發現了月光葛蘭姆的傳奇生涯，也促成了他寫《赤腳喬》這本小說。

想想看在七〇、八〇年代，要追查一個故事，得跑各大圖書館，甚至要旅行各處，探訪相關人士，才能拼湊出來龍去脈，寫出來要花多久時間！

到了今天，資訊爆炸，要追尋一個故事，往往敲敲鍵盤就

行。像我前一篇〈科學院報風暴〉寫琳・馬古利斯導致《美國國家科學院報》停止「院士推薦」稿件的故事，一切在網上清清楚楚，查個半小時就找到一個完整精彩的故事。

這樣一來，寫作題材應該多得不得了，但是為什麼大家一直抱怨一般的寫作水準日益低落呢？

我想是好奇心缺乏症吧。當習慣於網路世界所有的事情都是即時反應後，人腦很容易變得像是被蓄養的動物，待在原處等著飼料輸送口打開。時間久了，如何找、跑、追、抓甚至躲的本領就逐漸退化了，最後無法把各方面的事情拼湊出一個完整的面貌，自然寫不出東西。

或許，每隔一段時間將自己與紛擾充斥的資訊隔開一陣子，就像斷食般，會有助於恢復我們對知識的飢渴與寫作的欲望吧。

簡單的答案

今天跟女兒說到美國政治治絲益棼的主因之一：有太多人看複雜的問題求簡單的答案。

「就像癌症治療是個複雜的問題。如果有人來問我得了癌症怎麼辦，我就會問他是哪一種癌症，不同種類有不同治療方法。每一種方法都有其副作用，之後復發的機率也不同。

注意生活規律、飲食與情緒有助於防止復發，但不能完全保證不會復發。」

女兒說：「聽起來很令人沮喪。」

我說：「是呀，所以癌症研究不是件容易的事。但是想想看，如果有人跑出來說『只要吃什麼、做什麼，癌症就會好，相信我。』聽起來是不是好得多？」

女兒點點頭：「好得多，而且充滿希望。」

我說：「但是這些說法大部分都沒什麼根據。只是患者與家屬聽了，難免受吸引而花下大錢。等到失望的時候也失去了最佳治療時機了。

賣萬靈丹永遠比治病好賺，因為他提供了最簡單的答案，而

大多數人都不想面對真相的複雜。

　　這就解釋了近幾年的美國政治趨向。」

　　剛說完，又看到今天報上說「吃番茄能抗乳癌　醫師建議『加油添醋』並煮過」，真不知道該說些什麼。

偏方

我工作的地方，是世界頂尖的癌症研究機構，無論是哪一科的專家都找得到，相關的資料、知識更是隨手可得。

有位同事是非常傑出的研究員，術業專精，知識十分淵博。最近他在外地讀大學的孩子不幸檢查出癌症，他趕快把孩子帶回家，安排住院與治療。這個年輕人要先接受化療，縮小腫瘤並抑制擴散，再動手術——亦即「前導性化療」程序（Neoadjuvant chemotherapy）。

我今天去看他，聊表慰問之意。為人父母，感同身受，一時不知說什麼。倒是同事十分鎮定，說化療已見效果，情形應該是樂觀的。不過他說，最困難的是要應付周遭人自以為是的「好心」建議與各式各樣送上門的偏方。

他孩子的朋友——都是大學生——一聽到化療都嚇壞了，紛紛告訴他「化療殺人」。還有人送他一枚水晶，說每天握在掌中幾分鐘，腫瘤就會自動消失。年輕人寧願相信這些道聽塗說的鬼扯淡，也不願意聽從有癌症治療專業知識的父親勸告，拒絕正規療法。後來拗不過父親好說歹說，才回來接受安排住院。

他自己的親戚也「不遑多讓」。有「教導」他特殊飲食的、有傳偏方的，更有許多人介紹這裡那裡一堆神奇的中醫師或中醫方法。還有一位親戚介紹來的「針灸大師」，號稱癌症治癒率百分之百，要他孩子立即出院，接受其「治療」。我聽了目瞪口呆。他說：「安排孩子住院檢查，決定治療方式都不複雜。但是要躲開這些沒道理的胡扯轟炸，靜下心來思考，卻是最困難的部分。」

道別回來途中，先是覺得荒謬：怎麼會有人跟頂尖專家提出一些自己都不知道怎麼回事的「建議」呢？接著是憤慨：如果真聽了這種話，「治療」沒效果，這些人會怎麼反應？躲遠嗎？裝昏倒？還是告訴病患家屬「我是一片好心」嗎？一年到頭因為聽信這種「好心」建議，延誤治療而送命的病患，到底有多少呢？

最後是深沉的悲哀：我們的教育與文化出了什麼問題，大家寧願去相信這些裝神弄鬼的東西？

我想了半天，想不出所以然。

人論神

　　川普決定退出《巴黎協定》的理由之一是，即使遵照協定，降溫效果也「微不足道」。當然，這理由蠢到不知怎樣糾正。如果有一天，他得了癌症，醫生說唯一有效的療法會使腫瘤停止生長，他會因為這個藥使腫瘤縮小的效果「微不足道」而拒絕治療嗎？

　　另外有個眾議員說，就算氣候變遷是人造成的，但地球是神創造的，神會保護地球，把它修好。

　　先不說在聖經裡上帝是如何懲治亂搞的人類（「沒有義人，連一個也沒有」，於是所多瑪與娥摩拉就被核爆了），妄自揣測神在想些什麼是既蠢又危險的。

　　愛因斯坦雖然「推翻」（其實是大幅修正）牛頓力學，但他一生完全服膺牛頓的「宇宙秩序」觀，認為只要了解夠多，我們就能預測世界的變化，到過世前還努力研究「統一場論」。因為如此，他對量子力學的機率觀完全無法忍受，三不五時就跳出來說：「上帝不玩骰子」、「上帝喜愛秩序」。有一天，尼爾斯·波耳（Niels Bohr）終於忍不住對他說：「阿爾伯特（Albert），

不要再教上帝該怎麼做！」

還有一則跟神有關的老故事是這樣的：

某人一向信仰虔誠。一日洪水來臨，他給困在屋頂上，而水不斷上漲。他誠心祈禱，求上帝救他。不久來了一艘小船，他不肯上，說上帝聽見他了，一定會出現奇蹟救他。水淹到腰時，又有船來，他又拒絕。水淹到嘴巴時，再有船來，他還是拒絕，最後淹死了。他見到上帝時說：「主啊，我一生虔誠，為何祢不救我？」

上帝很生氣：「不救你？你以為那三艘船是誰派去的？」

方濟各教宗與《巴黎協定》就像是前二艘船。如果奇蹟出現，還有第三艘來，希望不再有人妄自揣度神意，還拉著別人不准上船。

戴爾布呂克與我

　　1937年，出身德國菁英階層的物理學家戴爾布呂克（Max Delbrück）對生物學產生興趣，於是到美國加入了方興未艾的分子生物學研究。他看到納粹已經控制了德國，於是便留了下來。幾年之後，他的哥哥、姐姐、姊夫謀刺希特勒，事發被捕處死。

　　一年之後，義大利醫師盧瑞亞（Salvador Luria）獲得美國資助，前來參加戴爾布呂克的研究工作。他在醫學院受兩位諾貝爾獎得主指導，又曾任軍醫，卻因為墨索里尼禁止猶太人從事學術研究，逃往巴黎，輾轉來到美國。

　　1943年，法西斯氣焰正盛，長夜無盡之際，盧瑞亞與戴爾布呂克卻在美國內陸的清淨地田納西州，思考一個重要問題：細菌因基因突變對噬菌體產生抗力，是在接觸噬菌體前就自發產生的，還是接觸後適應壓力而產生的？

　　當時還沒有發現DNA的結構，更不用說今日習以為常的基因定序等等分析方法，基因只是一個觀念、一個因子，看不見摸不著。但是戴爾布呂克是個物理學家──實際上范德比爾特大學（Vanderbilt University）聘他是去教物理，研究生物學只是他的興

趣，「看不見摸不著」的因子對他完全不是問題。他依據前面提及關於細菌的兩個對立的假說，建立了各自的突變分布模型，並以統計方法預測抗噬菌體細菌出現頻率。

而盧瑞亞是實驗好手。他根據戴爾布呂克的統計模型，設計實驗。結果確認：細菌基因突變是在接觸噬菌體前就自發產生的。他們一起寫了篇論文，大半篇幅都在解釋統計模型，實驗數據就兩個表，一張圖，發表在《遺傳學》（Genetics）期刊。大家通稱他們的模型為「盧瑞亞—戴爾布呂克」分布。目前《遺傳學》的SCI點數不到六，戴爾布呂克若在今日大概連升為副教授都有問題。

但這是生物學有史以來，第一次以實驗方法證實達爾文的天擇說。1969年他們兩人因此得了諾貝爾獎。

從薛丁格以來，分子生物學便一直為物理學家所推動發展，戴爾布呂克繼續發揚光大，因此分子生物學家多半有良好的定量遺傳學訓練。1953年，有個物理學家與鳥類學家聯手改變了這個傳統，從此分子生物學就與遺傳學分流，分子生物學家開始不懂數學了。

這兩人便是弗朗西斯・克里克（Francis Crick）與詹姆士・華生（James Watson）。他們發現了DNA雙螺旋結構以及分子生物學中心教條（DNA→RNA→Protein）。日後基因「剪貼」酵素的開發徹底將分子生物學轉變為「基因工程」的先修班。接下來的五十年中，基因操作與訊息傳導獨大。「盧瑞亞—戴爾布呂克分

布」只是生物學課本的一段歷史。

六〇年代，盧瑞亞與戴爾布呂克繼續研究細菌遺傳因子的同時，有個年輕的以色列人以賽亞·費德勒（Isaiah Fidler）到美國讀獸醫學士，接著得到博士學位。後來他在美國國立癌症研究所弗德烈克院區（NCI at Frederick）開始第一份正式癌症研究工作。1983年，他問了個這個領域的老問題：癌症擴散（Metastasis），是因為原位腫瘤自發產生有擴散能力的細胞，抑或是細胞偶然漂流到其他器官，適應當地環境而生長造成的？

這與戴爾布呂克的問題何等相似！費德勒自述，他馬上想到要做個戴爾布呂克實驗。結果很清楚：有擴散能力的細胞，自發產生於擴散之前。如此解決了一百年來關於腫瘤擴散的爭論。

我在美國讀博士班，上的第一堂課就是費德勒教的。癌症病理學簡介——只要是有（獸）醫學背景的人，一定會告訴你，無論研究哪種醫學問題，病理學都是不能不學的。但是那時我滿腦子都是「先進」的分子生物學、訊息傳導、分子機制等等，根本不想搭理「無聊」的病理學，也對費德勒的研究一無所知。

那時剛進入二十一世紀不久。來到紐約發展的加泰隆尼亞人瓊·馬薩戈（Joan Masagué），已經發現好幾個重要基因，一躍而成分子生物學領域的大牌。當他決定以腫瘤擴散為下一個研究目標時，馬上「複製」了費德勒實驗，鑑定出所謂的「擴散基因」。他的博士後研究員康毅濱，將這套系統發揚光大，發表多篇著名論文，日後成為近年來普林斯頓大學最年輕的正教授。

我博士班畢業之後，到了國立癌症研究所工作，第一個研究題目便是建立腫瘤擴散模型。如此一來，有許多實驗就得要到弗德烈克院區做。峰迴路轉，以前沒好好聽課，沒想到日後要用老師的方法、在他待過的地方，做他「設計」的實驗。

又過了十年，腫瘤定序已經成為我日常工作的一部分。我望著堆積如山的資料，不知如何從中理出癌症基因突變的規則及其演化方式。忽然想到，應該試試乘冪定律（Power law）。我不懂數學，只能找現成的方法。

一查近年來討論癌症基因突變演化的論文，滿坑滿谷，盡是「盧瑞亞—戴爾布呂克分布」。

我從年輕時讀著戴爾布呂克的故事，心中的感動實在無法言喻。我們終於要回歸遺傳學的老傳統了。

馬克斯・戴爾布呂克（右）與薩爾瓦多・盧瑞亞（左）。

追尋凡夫俗子的天命

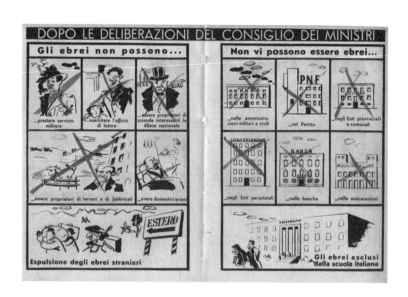

墨索里尼治下的反猶政策宣導海報。在種族限制之下，義大利的猶太人無法從軍、擔任教職，也不能參與政黨組織、加入國營企業或銀行，甚至連請管家、上學受教育都受到限制，而海報中也不諱言政策目的，就是要「猶太人滾出義大利」。（圖出自維基共享）

中西醫結合

　　中西醫應當如何結合，一直是二十世紀以來中醫界的大哉問。但是西醫早已是當代生物醫學研究領域的應用分支，而中醫的各種觀念與方法，在生物醫學中也有清楚的研究，因此真正的問題是中醫如何融入當代生物醫學，成為正規的科學。

　　但這是不是說中醫不是科學，已沒有單獨存在的必要呢？正好相反，中醫融入當代生物醫學後，將帶給醫學新的工具與方法，使治療更全面有效。不僅如此，中醫的哲學觀，也會使現代人思考生命的意義。而對中醫來說，以現代生物醫學的新知更新自己，正好除殘去穢，真正成為新時代所需要的科學。

　　生物醫學的大架構是演化論，以及由此衍生的演化醫學。演化醫學的目的不在「解釋」，而在「了解與預防」。例如，在細菌發現之前，人類主要死因是傳染病，平均壽命不到四十歲。許多人遺傳到高血脂基因，也有人遺傳到提高炎症反應的基因，這些都是為了加強清除細菌的能力。在以往，這些基因能降低四十歲以前的死亡率。微生物學與生理學建立之後，當代醫學與公共衛生的主要目標是消除病原與維持循環功能。有了消毒方法及抗

生素後，醫學達成前所未有的成就：人類的平均壽命不斷提高，在已開發國家已經是八十歲以上，世界人口也從二千年前的不到一億，到現在的七十億。

人類的壽命延長之後，以前有益的基因產生反效果。高血脂基因使人在五十歲以後易罹患心臟血管疾病，提高炎症反應的基因造成第二型糖尿病、風濕病以及精神疾病患者大增。當代醫學以消除病原與維持循環功能為主的方法，對這些慢性疾病效果有限，以致於許多人必須以極高的成本維持生活，忍受不良症狀數十年之久，造成個人、家庭與社會重大負擔。

中醫從來都沒有發展出微生物學與公共衛生學。傷寒論以一個非常簡單的系統動力模型描述人體的壓力反應。當抗原增生時，系統失衡，引起壓力反應，排除抗原，系統回復平衡。某些內因或外因，使系統偏差，無法恢復平衡，就會使抗原滯留。這種失衡持續狀態可分為虛實寒熱四大類，治療方式就是調整系統參數使之恢復平衡。

當外在病原持續存在，無法除去時，系統很難恢復平衡。沒有控制病原的方法，則一切治療方法效果都有限。中醫在消毒方法與抗生素出現以前，是少數有用的傳統醫學，但仍然無法對抗傳染病，歷史上多次大疫，中醫束手無策。歷代的醫家絞盡腦汁，發展各種理論以因應，但沒有解剖學與生理學的支撐，大部分的想法都成了玄學。

中醫要融入現代生物醫學，首先要揚棄玄學的部分，例如子

午流注、五行學說、經脈學說、甚至是沒有解剖學支持的腑臟學說。其次是老老實實地連結解剖學與生理學。如此一來，中醫還剩下什麼？有的，多得很。那些捨去的部分只是裝飾罷了。中醫最大的貢獻，是在除去病原，系統卻仍不能恢復平衡時，能提出治療方法。舉個例子來說，近年來抗藥性細菌已成醫院的嚴重問題，究其因脫不了抗生素濫用。抗生素為何濫用？因為只要症狀仍在，便一用再用。這是系統動力學上典型的延遲回饋，以及邊際效益遞減問題。以中醫來看，即使病原受壓制，病患虛證猶存，沒有對證，因此治療效果差。抗生素用中醫的術語說是苦寒清熱之劑，清熱沒有補虛，苦寒劑使虛更虛，免疫力無法恢復，吃再多的抗生素也沒用。若能注意系統狀態，同時治療虛證，自可迅速恢復，減少細菌產生抗藥性機會。

中醫的系統動力模型，正好與近代醫學的病原論互補，使治療完善。不僅如此，系統動力模型更有助於落實演化醫學的理論。演化醫學著重人體對抗病原與生理功能維持機制的演化，以及其所導致的疾病來源。從整個物種來看，免疫力、生育力、延長壽命都需要資源，資源要如何分配才能延續，是每個物種的「終極議題」，因此物種的演化其實是資源分配取捨的適應策略。

資源的分配，正是決定人體系統動力狀態的最主要因素。例如在營養不良的狀態下，系統會降低免疫力，而以維持心臟與大腦功能為主。中醫的診斷就會說這人有虛象，無論是何種疾病，

治療就要包括溫補。有些人遺傳到提高炎症反應的基因，即使沒有感染，也呈現低度發炎狀態。以中醫來看，這種人就是「熱」的體質。如果這樣的人有糖尿病，在治療上必然是與「虛象」的糖尿病患者不同。

以動力系統來看疾病，就能將演化醫學的資源分配與取捨加入人體模型：基因的多型性（polymorphism）即可與中醫的「體質」對應，分子基因醫學因此可融入實證醫學之中。演化醫學中種種現象，就只是中醫系統動力模型的參數變化。中醫不應再稱為中醫——如果醫學加上地方名，表示那只是民俗，應稱為系統動力（系動）醫學。《黃帝內經》的天人相應論，也可更新為人體系統的運作，依循演化醫學的原則，以適應環境、提高存續機會為主旨，因此會隨自然環境的節律與變化而調整。

《內經》的「天」，就是演化之力。《德道經‧立戒》章曰：「名與身孰親？身與貨孰多？得與亡孰病？甚愛必大費，多藏必厚亡。故知足不辱，知止不殆，可以長久。」以系統動力學的術語來說，系統要達到個體自覺的目的，必須輸出功率，如此必然偏離平衡態。偏離愈久，永久失衡的機會愈大，而造成各種身心疾病。因此「甚愛必大費，多藏必厚亡」。所謂的「天人相應」，就是人生命的各個階段，必然受演化狀態左右。系動醫學要「窮究天人之際」，研究人的生活與演化狀態如何偏差，然後教人如何「知足不辱，知止不殆」，乃至於順天應人。

在後工業化社會，公共衛生延長人的壽命，人可以延後生

育，將資源用在增強社會資源的競爭力上。由於人人加入這場競爭，人生的目標逐漸轉為個體擁有資源的極大化，不但生育愈延愈後，子女數目也愈來愈少，但個體耗費的資源則愈來愈多。如此在身體動力系統造成如下後果：

(1) 生殖器官的組織沒有代換（turnover），但賀爾蒙循環不斷，造成乳癌、卵巢癌、及特定子宮頸癌罹患率上升。

(2) 發胖、心血管疾病上升。

(3) 全身慢性發炎症狀增加。

以中醫的方式來說，現代人的生活型態造成四十歲以後氣滯積熱，造成虛熱體質。氣滯、熱、虛各有相應的證。中醫診斷這些「證」，還要考慮「天人相應」——病患的生命階段，以及演化上的意義，由此對證治療，並提示病患生活型態的偏差與可能後果。這不但可治病，甚至可使人反思生命的意義與目標。

癌從何來

最近考古與醫學研究，在一百七十萬至二百萬年前的遠古人類祖先化石上，發現腫瘤存在的證據。這個發現受到新聞界的重視，例如《聯合報》在2016年7月30日引用中央社報導：

「在這項研究之前，最早是在十二萬年前發現人類體內可能有腫瘤，兩者時間點有很大的不同，大幅擴大我們對癌症存在的已知時間點。

在這之前，研究人員和科學家都心照不宣地假設，癌症不存在於那麼久遠的年代。現在證明確實存在後，對癌症來源和過程的瞭解也將因此改變。」

所謂「科學家都心照不宣地假設，癌症不存在於那麼久遠的年代」這句話，是完全沒有根據、記者想當然耳的臆測。實際上，科學家很早以前就發現，幾乎所有的多細胞生物都會長腫瘤。從大動物如鯨魚、大象，到微小的水螅，甚至連植物如仙人掌、菇類，都曾發現過長出腫瘤。茭白筍是菰莖部受寄生菌類刺激，薄壁組織增生導致膨大的產物，其實可算是一種「良性腫瘤」。

科學家曾比較在野外與實驗室生長的老鼠與大猩猩，結果這兩種環境中的動物，其癌症罹患率並沒有太大的差別。在這些研究中，影響癌症發生最關鍵的因素是年齡。年齡愈大，罹癌的風險愈高。因此癌症可說是一種老化的自然現象。

　　既然如此，為什麼人們經常有種印象，覺得以前癌症是種少見的疾病，而近年來常有報導說：癌症是十大死因之首、罹癌率逐年增加呢？這些印象是不是事實呢？

　　這些都是事實，但原因跟一般的想法大有出入。

　　要解釋這些現象，我們得先繞個彎，想一想癌症是如何發生的。細胞分裂、產生新細胞是有不良率的；雖然不良率極低，但每天細胞分裂的次數多到一定會產出有誤差的細胞。一個誤差不足以把一個細胞癌化；這個有誤差的細胞必須有機會持續分裂，才能累積特定誤差，導致癌化、長成腫瘤。換句話說，活得愈久，細胞累積誤差機會愈大，有誤差的細胞成長的機會也愈大，因此得癌症機會便隨之增加。

　　另一方面，生物會演化出抵禦癌症的機制：加強細胞分裂的品管，提高良率，降低產生誤差的機率。但是品管是需要成本的；隨著細胞分裂次數增加，品管預算逐步減少。

　　要增加癌症罹患率，就必須增加細胞分裂次數，增加不良率，並「消耗」掉品管預算。因此最重要的就是：延長細胞持續分裂的時間，或是增加細胞分裂的頻率。

　　與時間相關的最重要因素，就是壽命。一直到二十世紀初

期，傳染病都是造成人類死亡的最重要原因，因此當時的平均壽命都不超過四十歲，癌症也就成為罕見疾病。臺灣人的平均壽命在1960年大約是六十歲。五十年後——2010年——增加到將近八十歲，而六十歲以上人口比例增加，會覺得癌症患者比以前多是意料中的事。

與頻率相關的重要因素，則是生活方式。例如，在演化生物學上，工業時代的人與農業時代的人最大的不同，在於晚婚與少子化，但性活躍時期長。晚婚與少子化使女性一直處於雌激素循環不停的狀況，因此乳腺與卵巢的細胞也一直受到刺激而分裂，提高停經後乳癌與卵巢癌罹患率。性活躍時期長，使男性一直處於雄性激素持續維持的狀態，因而使攝護腺癌罹患率增加。

食物供應豐盛、蛋白質與脂肪含量增加，消化、吸收時間增長，則造成大腸細胞耗損增加，與致癌物接觸時間增長，因為組織修復率提高，增加細胞分裂次數，使大腸癌罹患率隨之增加。

由此看來，癌症不是「現代」疾病，但有許多種類的癌症，尤其是發生在具有上皮細胞組織者（如肺癌、乳癌、大腸癌、肝癌等），確實是在近代罹患率才顯著增加的。

那麼在前工業時代的人類，以及其他的哺乳類動物之中，哪些癌症發生率較高呢？大多數是骨肉瘤（Osteosarcoma）與白血病（Leukemia）。骨肉瘤源自於可分化成骨細胞的間質幹細胞。這種癌症的發生有兩個高峰期：第一是在青春期，身高增加及體型顯著擴展的時候。此時骨骼急速發育，間質幹細胞大量增生，

正是誤差最容易累積、導致腫瘤生長的階段。在這個時期發生的骨肉瘤,與生活方式無關,只能說是運氣不好。由於年輕人骨肉瘤的成因大致上是個機率問題,因此發生率自古以來可能沒有太大的變化。最近發現的遠古人類化石上的癌症,也是骨肉瘤。第二個高峰期是在六十歲以後的老年,長年活動耗損使骨骼流失顯著,促使間質幹細胞大量增生,造成有誤差的細胞有機會增長、擴張,最後形成腫瘤。如上所述,古代老年人口少,因此很少有癌症相關的紀錄。

白血病的發生,有二個途徑。第一個也是兒童的發育期,骨髓細胞快速增生。第二則是從小到大,人類不斷受到各種微生物的侵襲,因此免疫細胞必須不斷增生,促進白血病的發生。近代有些種類的白血病發生率下降,可能與疫苗的廣泛施打有關。

總而言之,癌症是隨細胞增生誤差產生的,也是演化所決定的機率問題。因此,癌症從古到今一直存在。但人類的壽命長短與生活方式的確會影響特定癌症的發生率,造成大眾「癌症是現代疾病」的印象。

了解癌症是如何發生的,就可知道癌症是生命的一部分,如同西諺所云,「死亡與稅」,無法避免。有時我們會看到一些新聞說「不菸不酒,作息正常,但得了癌症」云云。很不幸地,癌症發生的主因之一,的確是「運氣不好」。但我們可採取一些適當的措施,將癌症的發生不斷往後延,形同預防。

決策何來

　　為何政府總是做出錯誤的決策呢？也許我們可以從政客向大眾說明政策的方式中看出一些端倪。

　　政客及其顧問們慣用「敘事體」報告或發表聲明——也就是用說故事的方式：事件中各方都給分派到一個角色，然後都恰如其分地在舞臺上互動而依序演出層層情節。說故事的人因此看來很有道理。

　　問題是說故事著重的是情節，而不是互相查驗的事實與資料。情節堆砌再多也只是個故事，無法用於決策。

　　1941年義大利向美國宣戰，後來的戰事發展證明這實在是個荒謬無比的決策。墨索里尼認為義大利是與美英德平起平坐的列強之一，還認為美國不可能與義大利內湖的地中海兵力抗衡。可以想像，當墨索里尼在內閣中發表激情的演說時，這兩個假設都言之成理。等到美國登陸義大利時，他的將軍們就忽然了解到原來這些假設完全沒有根據。然而已經太遲了。

　　從最近各國政府的表現看來，決策者老是用說故事的思路做出想當然耳的決策。如果一直這樣下去，天知道還有多少錯誤等

著發生。但是政客們偏好這種方式，因為說出動人卻無根據的故事有助於「說服大眾」、「凝聚共識」。

當然，最簡單的故事是「我們是好人、他們是壞人」。媒體喜歡這種故事，政客也樂於隨之扮演正義的一方。到最後大家知道自己在做什麼嗎？也許真知道，不過歷史證明這種認知很罕見。

人心的最大詛咒之一，是我們總認為可以強迫世界照我們的想法運作。我們真的知道如何根據事實做決定嗎？也許，但多數時候是在受到教訓以後。

追尋凡夫俗子的天命

父親的傳承

（一）

　　我爸生前常跟我們說他剛到臺灣在部隊受訓的事。當時物資缺乏，部隊伙食也沒什麼東西，用餐時一群飢餓的阿兵哥在座位上只能瞄準大鍋裡的白飯伺機而動。於是阿兵哥們發展出一套策略：一碗平，二碗滿，三碗就要搶。

　　第一碗不要多裝，平平就好，趕快回到座位上，三兩口吃掉，才有時間裝第二碗。

　　第二碗就要多壓、多裝、盛得高高地，再回到座位上好好地吃掉。

　　第二碗吃完時，大鍋差不多空了，想裝第三碗就要動作快，用衝的。

　　數十年後，學術界競爭激烈，要發文章、找工作也不容易。我常對做博士後研究的年輕朋友說，在設計你的研究計畫前，想想這個故事。

　　不管什麼研究計畫，有資料就趕快發第一篇論文，這樣專業

履歷（CV）上才有東西給人看；接下來就能有餘裕思考一個大的研究計畫，好好去做，希望能發在主要期刊；然後找工作前有什麼沒發表的資料，湊一湊送出去，發到哪裡都行。

如果大家覺得此說有理，請記住這是一位老兵的生活智慧。

（二）

我爸退休以後的嗜好是做木工、修雨傘、改花圃之類的手工活動。我的手遠不如我爸的巧——我還曾經請我爸幫我應付高中工藝課的作業。但從小看得多，耳濡目染，起碼知道工具該怎麼用。更要緊的是，我學到能動手解決問題，就應該動手去做。

我到異鄉讀書之後，發現這裡的人真是愛動手做。一方面因為這裡人工貴，不自己動手簡直沒辦法生活；另一方面也是一種風氣，「動手做」不僅成了全民運動，還是鄰居之間聊天的話題。我剛到這個實驗室工作時，老闆已經相當於資深教授。有一天博士後研究員說顯微鏡看不清楚，老闆還興致盎然地教他怎麼調。現在老闆已經是研究院第三號大頭，前兩天貨運員送了一大堆箱子來，老闆正好開會回來，還幫忙搬貨。

我沒事就在實驗室清理、修繕。大概是見得多了，昨天隔壁一個新來的「訪問學者」叫住我：「喂！顯微鏡壞了。」

我抬頭看著她，發現她是剛從太平洋另一邊來的。我想，在她們國內，常常修東西的一定是工人吧？

我笑笑問道：「怎麼壞的？」她吶吶說不出來。

我說：「沒關係，我檢查看看。」她趕緊躲開去，深怕我要她動手。

我發現這臺沒救了，於是從另一間實驗室弄一臺舊貨來用。

我想起海茲・裴傑斯（Heinz Pagels）在他的名作《理性之夢》（The Dreams of Reason）裡的一段故事。裴傑斯安排一位中國來的教授演講，不料幻燈機沒裝好，於是他搬來機器開始裝設。那位科學家大為驚訝：「教授，這不是祕書該做的事嗎？」

裴傑斯一面裝一面回答：「這就是科學在歐洲起源，而非在中國的原因之一。」

裴傑斯回憶道，該教授大為震驚。後來他到了某研討會，也看到該教授幫忙裝投影機了。

經過一、二百年之後，在東方，德先生與賽先生依然在等待「幫手」啊。

時代一小步，我的一大步

　　終於，當半百在望之年，下定決心做一件逃避了三十多年的事情：學寫程式。

　　當然不是什麼了不起的東西，就只是下載了Python 3.6，開始照書練習。

　　雖然國高中時已經有電腦課，而且那時臺灣已經高喊資訊產業是未來的趨勢，我一上電腦課就頭發昏，從來沒想過要花一分鐘功夫在上頭——反正就是搞不懂。只是寫個簡單的列印程式，我所花的時間足以寫一個短篇小說。而且後者寫起來愉快多了。

　　等到讀研究所時，市面上有許多好用的套裝軟體，足以應付日常工作所需，我更樂得輕鬆，天真地以為這輩子不必寫程式了，即使是最簡單的也不用。

　　然而博士班畢業之際，生物醫學的研究開始有了天翻地覆的變化。主導這一切發展的是兩大技術：計算力與攝影力。二者的交互作用產生了新的定序與影像分析方法，從而開啟革命。以新世代的定序方法為例，DNA模板固定在晶片上，每加入四色標記的四種核酸單體一次，就攝影一次，憑顏色就可讀出該位置的核酸種類。由於攝影鏡頭一次可讀取幾百萬個固定點，一一記錄顏

色，因此不需要電泳法分離不同顏色的片段。其次是倚靠計算能力，將讀出的小片段組合起來，完成全基因定序。

影像分析方面，可以細胞計數為例。現在的技術可以直接分析顯微鏡下的影像，鑑別出細胞及其狀態，完成計數，無須仰靠昂貴的流式細胞儀，而且省去繁複的細胞分離程序。影像分析，自然也是依據一直進步的計算能力。

在以往，腫瘤必須先製成細胞株，再交給實驗室以分子生物學與細胞生物學方法，一一察知其特性。如此一次能分析的腫瘤及其特性很少，醫師將腫瘤交給研究人員後幾乎無法過問，除非自己也跳下去做研究。研究人員——博士（Ph.D.）們，因此有與醫學學士（M.D.）分庭抗禮的地位。然而現在定序與影像分析可以從複雜樣本中一次挖掘出極大的資訊量，再加以分析。醫學學士無須再靠博士在實驗室中的長時間分析，就能形成新的假設，進行新試驗。擁有樣本愈多的，挖掘出的資訊量愈大。現在變成博士要求醫學學士放出資訊給他們了。

下一個世代，由於資源匱乏，所有的研究必然會向有利可圖的臨床研究靠攏，有大量樣本與病患來源的才是老大。有了大量資訊來源，大量平行驗證才是王道。這就是為什麼大家都在做基因編輯實驗（Genetic editing）。不是因為酷、趕流行，而是因為能平行處理。

如此一來的影響是什麼呢？以我自己的研究為例，大約從十年前開始，我們將腫瘤送去定序，隨著時間過去，定序愈來愈

多，到現在已經是常規工作的一部分了。

　　沒關係，我們有專任的生物資訊學家分析資料，我們等著看報告就好，Excel檔，多簡單！

　　漸漸地，定序報告的Excel表格開始淹沒我的電腦。不僅如此，生物資訊學家能把定序結果「統整」（curate）好，已經是感激不盡，要從資料裡看出什麼趨勢「型態」（pattern），就要自己去「玩」、去「捏」那一大堆報告了。從一開始找一兩個基因，到現在看數十個腫瘤的基因分布，我那土法煉鋼的手動方法已經漸漸支持不住，我的眼睛與腦子也開始吃不消了。最近做了四個模型分析，居然花了一個星期。雖說結果實在是太有趣了。

　　Google了一下，看到這本書：*Automate the Boring Stuff with Python*，裡面寫道：……"Update and format data in Excel spreadsheets of any size"（〔用python把無聊的工作自動化，〕像是將Excel表格更新以及格式化，無論檔案大小。）

　　這不就是我需要的嗎？查了一下，居然是免費的。喜出望外之餘，還裝正經對學生說教：「一個研究者獨自鑽研自己有興趣的領域的時代已經過去了。你們這一代的博士，要會組成團隊，以專案經理的方法做事，研究如何以平行處理方式驗證資訊，形成臨床可用的假說。而且啊，大量資料的時代……生物學家，都得要會寫程式！」

　　學生睜大了眼睛，好像在說，你現在才知道啊？

　　時代變了。人類幾十年前的一小步，是我現在飛躍的一大步！

追尋凡夫俗子的天命

CHAPTER 2

文化漫步

精確的語言

當年有位老師是進步青年，我對他在歐美的科學成就非常欽佩。他常掛在口頭的話是：「英文是精確的語言。」言下之意，中文是模糊的語言，不夠科學。在近年一片學英文熱中，許多人都要求兒童美語補習班要教「標準的」英文，講來「土腔土調」的洋涇濱，受到許多人的蔑視。洋涇濱（Pidgin），英文發音接近business，也就是殖民地土著為了要與英國人打交道（business），臨時拼湊而發展出的語言。

後來我到休士頓讀研究所，快畢業時，動念到歐洲做博士後研究，於是找了一個法國來的朋友教我法文。上了幾堂課，深感法文難學，詞性很多，務求配合周到，真是較英文精確。難怪聽人家說以前外交官簽約，必然附有一個法文版本，好讓雙方無法鑽語言漏洞。後來去比利時面試一趟，斷了到歐洲去的念頭，學來的那一點法文也忘得差不多，只剩一句 "Où sont les toilettes?"（廁所在哪裡？）

做博士後研究以後，認識很多歐洲來的朋友。有一天大家聚在一起吃點心聊天，我問了一句：「你們那裡有Spelling Bee

嗎？」Spelling Bee是美國學童的拼字比賽，由於英文中不規則的拼法太多，才有這種比賽。大夥聽了都笑了。德文、法文、義大利文、西班牙文都是怎麼說就怎麼拼，「我手寫我口」，規則整整齊齊，哪用得著Spelling Bee呢？

為什麼歐洲主要語言中，只有英文這麼不規則呢？因為英文自己就是洋涇濱。

盎格魯・撒克遜人遷居英倫時，說的是自己的方言，與德文接近。後來丹麥維京人來了，並沒有控制地方諸侯，語言也系出同宗，改變不大。然後法國諾曼地的威廉入侵，入主英倫。威廉家族用了三代時間，把地方上的盎格魯・撒克遜諸侯都換成自己人。這下子主子都說法文，奴僕還說的是盎格魯・撒克遜方言，該怎麼辦呢？於是奴僕就開始學習法文，方言中混入了大量的法語詞彙──這不就是洋涇濱嗎？

經過數十代之後，兩種語言融合，成為英文。

當代的英文，外來語更多，成因卻是相反：英國從十六世紀向外擴張，幾百年下來，吸收了各地的語彙。這一方面代表了英國殖民主義的歷史，但一方面也顯示英國人的實用精神。如此一來，各地的人學英文時，經常能讀到「自己的」語詞，學來也就親切了。而英文在各地的流行，也是原因之一。

語言是海納百川的演進過程。從對語言的態度也可看出一個民族的心胸。英文的「不精確」，並不影響英國、美國成為科學大國。尤其是英國，自牛頓以降，近代科學史簡直成了劍橋鎮地

方志。科學的發展，自然需要多方面的因素配合，而語言只是一部分。但十八、十九世紀的英國人有開發自然、探求原理的志氣與恆心，一定是不可或缺的力量。

語言所影響的思想文化層面，既深且廣，甚至決定我們對事情的看法。但是語言也是不斷演進中，就像中文，引入了標點符號與女字旁的人稱（妳、她），不是也清楚多了嗎？這些都是前人的努力，在中文的豐富層面上添加功能。如果還有不清楚之處，努力改進也就是了，而不是啥都不做，反而怪起祖宗了。

我所會的兩種語言——中文及英文，在其他語言看來，都是頗不精確的。然而我去過幾個地方之後，深感英文對科學家而言，彷彿是中世紀的拉丁文。到世界上任何國家，語言再如何不通，只要走到一個實驗室裡，必然能用英文討論科學。英文的偉業，想必連凱撒與圖拉真大帝也要忌妒啊。

語言學習的詛咒

這一世代的社會菁英們，多半有很深的英語情結，標榜自己會說英文，也覺得在上國人士之前說英文理所當然。然而，這些留學美國的菁英們，卻普遍跟美國社會與文化有所隔閡，也很少和當地人有真正的私人交情。

與之相較，在二十世紀早期、中國動亂頻仍的年代，出國留學的人，往往中英文俱佳（顧維鈞、胡適、葉公超等），對美國社會文化了解深入，也常受美國友人欽佩，更不乏與美國政府高層有相當的友誼。雖然私人交情無補於政經大局，但對於傾傾之際，仍有相當的助益。

區隔這兩代人最大的因素是一句話：語言（就只是）溝通的工具。

二十世紀初期，中國剛從封閉中甦醒，知識分子眼見本國落後，莫不以了解彼此為己志。因此他們對語言學習的態度非常全面：既要自身對中文有相當的底子，也把外語當成是了解外國文化社會的一個橋梁——重心在於了解。因此這些人的外語造詣也十分高超，再加上對雙邊文化的了解，而贏得外國友人的尊重與

欽佩。

　　七〇、八〇年代出國留學而有心從政者，多半是把留學當成是直達社會階層的終南捷徑。當時美國的國力與社會發展自然超出臺灣太多，他們一到國外，不免如陳映真說的：「雙膝點地」，因此留學的過程，語言「能溝通」即可，一切服膺上國教導，不免成了唐德剛說的「做洋八股，考洋科舉」，既是八股科舉，自是對外國社會文化缺乏了解，也少受尊重，遑論友誼。

　　不了解語言的歷史背景與文化，就連罵人的話都聽不懂。侮辱字眼的涵義，不見得能從字面上看出來，一般因為歷史淵源與約定成俗，將那字眼的歧視意義深植在說者的意識中。例如貶低黑人的N開頭字眼，便是蓄奴主稱呼奴隸的用語，但字源卻是拉丁文的「黑」。那字眼應譯為「黑鬼」。

　　侮辱亞裔與華裔的字眼不少。Oriental是把所有亞裔歸類為一個沒有個性與差異的群體，大約可譯為「東洋仔」。Chinaman是指十九世紀修築橫貫美國鐵路時，從中國半騙半買拐來的大批契約工人，有人命不值錢的意思，當時在中國稱這些賤價賣命的工人為豬仔——被收買的議員稱為豬仔議員，典故由此而來——因此這個詞應譯為「中國豬」。Chink是諷刺華人眼睛小往上挑，像一條縫（惡意稍低者稱為「斜眼」，slant eyes），因此這個詞應譯為「中國鬼」。至於Charlie Chen或者Fu Manchu，都是以往英美電影創造出的、集對華人偏見與誤解於一身的角色，他們的造型就說明一切。有些人只從字面解讀，便認為

Oriental沒有貶意，甚至覺得那些C開頭的字眼只侮辱到對岸人士。其實，當有人說出這些字眼的時候，是把所有東亞裔都放進去，一視同仁，千萬不要以為歧視者對任何地方來的人有什麼特別待遇。就算有，也是對其文化背景的雙重侮辱。

語言，是文化的基因，歷史的窗口。學習一種語言，從打招呼的用語，姓名的由來，一直到典故、文學，甚至流行文化，都是了解說這種語言的人與國家的過程。「語言只是溝通的工具」這句話，實為語言學習的詛咒，令人只滿足於腔調、俗話、流利度等等極為淺薄的性質，反而忽略了真正的精髓。如此學起來，說話也上不了檯面，古人所謂「買櫝還珠」是也。

羅曼蒂克史

　　Romantic（浪漫的）這個字，是中世紀時從拉丁文romanicus（Roman style，羅馬風格）衍生來的。一開始與情愛無關，而是在那蠻族遍地的時代，讀過書的人（大多是教會的牧師或修士）因為懷念古典時代貴族的知識與品格，提出騎士風度應當如是而創出的字。騎士風度漸漸擴大到對女士恭敬有禮，然後演化成肯為仰慕的女子犧牲奉獻，最後多指涉情愛，成為形容浪漫行為的字眼。

　　黃仁宇先生曾說：中文裡「忠」字或許可翻譯為英文的loyalty，但是「義」幾乎無法翻譯，特別是「義薄雲天」譯成英文簡直不知所云，因為西方文化裡的私人關係並沒有「義」這個概念。《三國演義》全書特別著重「義」這一字。追溯romantic字根，古典貴族的友情也包含因仰慕敬重而肯為之犧牲的感情，因此《三國演義》書名曾被譯為 "The Romance of Three Kingdoms"。

　　但是當我解釋給歐美人士聽的時候，無人可會其意，因為romantic / romance早已失去原意，以致聽者都以為《三國演義》是在講古代的愛情故事，而且一次三個國家，果然太浪漫了。而

書名照字面翻譯又很無聊。怎麼辦呢？

　　近幾年英語世界流行把二個字縮成一個，表達新意思——就像是漢字的會意。例如任何字加上 "gate"（門），就是可疑醜聞之意，這當然是從水門案（Watergate）而來的。最近的例子是 Brexit（英國脫歐），是把 Britain（英國）與 exit（脫離）縮成一字。基督教國家對兩個男人之間的來往過度敏感，一看到好朋友形影不離，同聲連氣就特別注意，後來就把 brother（兄弟）與 romance 兩字縮成 bromance 一字，形容兩個男人特別深刻的交情。這個字一開始有點戲謔，可是這幾年逐漸成為報章上正規使用的字眼。例如歐巴馬與拜登友誼很深，報上就寫 "Bromance of Obama and Biden"。

　　如此一來，《三國演義》就可譯為 "The Bromance of Three Kingdoms"；「義薄雲天」也就成 "Sublimed Bromance" 了。若黃先生地下有知，不知是否認可？

望文生義

這個年頭的人往往是中文不夠用，就拉個名詞來望文生義，可是拉的時候比軍閥拉伕還隨便。最妙的是有時還因此生出新意，真箇柳暗花明又一村。

就像「強人」這個詞，是從英文的Strongman直譯過來的，現在都是指政壇或商場中掌握權力、意志堅決、貫徹到底的人。但是在美式英文中，「強人」專指以集權手段或威權體制統治國家的人，與「獨裁者」意義相去不遠。所以當我們說政壇出現強人或女強人，按英文原意，我們的國家就不是民主體制了。中文報刊用就用了，也沒人在意原來是啥意。

但是「強人」在以前的中文是指強盜。譬如說荒郊野外有強人剪徑，就是說荒涼的地方有強盜攔路搶錢。自從大家把英文的強人拉來，強迫他整型之後拿來用，中文的強人意義就無人理會了。

不過最近的新聞顯示，政壇強人／女強人的工作，就是搶錢，不但沿路搶，還挨家挨戶搶，繞了一圈後，完全回歸中文原意。不得不感嘆老祖宗的智慧。

追尋凡夫俗子的天命

另一個例子是之前報導的自由經濟示範區，報上都簡稱自經區。自經的原意是上吊自殺，稍微有點中文常識的人都知道，顯然各大報記者並不包括在內。從自由經濟到上吊自殺，兆頭實在不大好。

　　但是我們不要低估老祖宗的智慧。改朝換代之後，自經區就自行消失，沒有人提起。顯然在把自由經濟搞掛之前，自經區就先自經了，完全符合中文原意。

　　2016年以來，新南向先是喊得震天價響，然後又默默消失。希望新南向能夠從各種政治口號中復活，不然廠商就得向南自經去，啊改正改正，我是說成立新南向自經區。

洋名字

　　姓名一事，茲事體大，卻又有趣得很。有個美國幽默作家撰文大談Joe Green的故事如何如何，文末讀者才發現他說的是義大利歌劇作家朱塞佩・威爾第（Giuseppe Verdi）。Giuseppe相當於英文的Joseph，Verdi自然是Green了。他是在諷刺美國人濫用小名（Bill, Bob, Jack...）的習慣。

　　每種語言衍生出的名字，都有各自的一套學問，其中又參雜著性別、族群認同等議題，要聊的話三天也聊不完。舉例而言，在美國這樣的多種族社會，念不出別人的名字是很常見的事，有時雖然尷尬，但是大家都能理解。但是故意不想念出他人全名就是蔑視了，像是：「我就叫你XXX好了」。可是如果成就人所共知，大家都用縮寫代替全名，那就是無上榮耀。像是美國總統甘迺迪（John Fitzgerald Kennedy），報上就直接寫JFK；小羅斯福總統（Franklin Delano Roosevelt）是FDR。有個很特別的例子是念不出與成就兼而有之。杜克大學（Duke University）男籃隊教練Mike Krzyzewski是波蘭裔，在美國男籃界地位崇高，可是大家還是念不出他的姓，於是以Coach K稱之而不名。

追尋凡夫俗子的天命

名字的規則自然與各民族的家庭體系與歷史有關。有許多也必須是當地的人才了解。例如西班牙人的姓來自於父母雙方，先放父姓再放母姓。像NBA球員蓋索（Pau Gasol），全名是Pau Gasol Sáez，所以是姓Gasol Sáez。但是美國常把Gasol當成中名，以為他姓Sáez。所以在美國討生活的西班牙人常常省略母姓，只用父姓當last name。

Gasol的名字來自於加泰隆尼亞文，與一般西班牙文不同。此外，俄國人的中間名通常是父親的名字的小名。例如某人中間名是Alexis，他父親顯然叫Alexander。匈牙利人跟東亞人一樣，姓在名字前面。緬甸人沒有姓，經常是將父親的名字放在前面，表示是某人的兒女。例如翁山蘇姬的父親名叫翁山。

封建制度下，國王並沒有真正的姓，也沒必要。只有要區分大小宗親疏時，才會賜姓或以封地為姓。日本天皇是沒有姓的。德國貴族姓前有個von，是from的意思。因此von後面的字其實是地名不是姓，表示是「某地來的某某」——因為那整個地方是他家的。德文平民的姓，是在封建時代為了區分張三李四而取的，因此頗有土味。愛因斯坦（Einstein）是一塊石頭，前總理柯爾（Kohl）是大白菜，常見的姓Stahl是鋼鐵，顯然祖先是石匠、賣菜的及打鐵的。羅馬帝國與中國歷朝貴族姓名並沒有這種特徵，可見不是封建朝代。現代人一講到古代中國，滿口封建，大錯特錯矣。

那麼英語國家取名字的原則是什麼呢？

第一，是家庭。歐美因為文化上有封建傳統（是真的feudalism，不是兩岸胡扯的那種），取名字常以紀念祖先或傳承家族名號為重。因此有祖孫三代同名（Senior, Junior, III...「至於萬世，傳之無窮」，誰說洋人不重傳統？），或是給女兒、兒子取自己阿姨、舅舅名字之類。而華人取名則要避長輩諱，正好與之相反。傳承家名，東亞只有日本有此傳統，足見日本是東亞真正的封建社會。

第二，是宗教。歐美傳統上是基督教社會，就算不信教，聖經也是從小讀熟的。尊崇聖經中某個人物，或僅是故事聽熟了的，都可拿來給子女取名。美國人叫John特別多，這個John就可能是施洗約翰。

第三，是私淑。景仰某個歷史人物，以之為名，賦予子女某種期望，亦是常見的做法。例如金恩博士（Martin Luther King Jr.），長大成了牧師，取名叫馬丁·路德配得剛剛好。

近年來美國人給小孩取名出現許多例外。其一是取受歡迎的電影或影集中人物的名字。第二是女生搶男生名字。由於美國人崇尚陽剛，有些人故意給女生取男生名字。這些名字給女生用多了，父母就不給兒子取這個名字，久而久之就變成女生名。例如Kelly、Madison、Lindsey、Vivian以前都是男生名字。現在連Chelsea、Paris也被女生搶去用了。有種變型是暱稱。像是Samantha叫Sam，Michelle叫Micky，聽起來變成男生。我見過最過分的是女生直接叫Michael。

華人在美國要不要取英文名字，見仁見智，也跟工作與生活環境息息相關。只要依循當地語言文化的原則來做，入境隨俗，落地生根，也是美事一樁。如果做生意或從政，取個英文名字好記好叫，也有必要。我有個做業務的朋友姓沈，取個洋名查理，念來有如查理・辛（Charlie Sheen），客戶看了會心一笑，也就把他記住了。有趣的是查理・辛是拉丁裔，本名Carlos，為了事業，就英文化為Charlie。顯然少數族裔都有類似的考量。心理學大師佛洛伊德是猶太裔，本名Sigismund，也因為德國當時的社會環境，將其名「德文化」成Sigmund。

　　最忌諱的就是趕流行或標新立異。此話怎說？取英文名字絕對要考慮一件事，洋人的姓比名多，華人正好相反。如果趕流行，出現同名同姓的機率非常之高。我小孩班上有好幾個同姓的Sophia，即是一例。如果這些Sophia將來都成了科學家，《生物醫學公共資料庫》（PubMed）上哪篇是自己的論文都認不出來。另外是標新立異，這有兩種。第一是拿非姓名的文字充當名字──例子就不舉了，這種名字讀來怪異，容易給人不良印象。第二是取其他語言的名字，如希臘文、俄文、法文、德文等。不是說這樣不行，而是取英文名字的目的之一是拉近距離。取個在地人來說同樣是外國名字，再看長相，結果成了外國的外國人。沒辦法，人都是膚淺的。

　　第一代華人移民給自己或小孩取英文名字，我本人較推薦的是「私淑」與「地名」。楊振寧的英文名字叫Franklin，就是因

為尊崇Benjamin Franklin。我有個生物資訊學的專家朋友，取名為Maxwell，顯然是因為尊崇物理學家James Maxwell，恰當得很。以出生地給小孩命名，例如Austin或是Georgia，有人親土親之意。如果是基督徒，取聖經人物名順理成章。徐光啟教名多默（Thomas），今日看來也不錯。第三代以後華人，祖輩已有人有英文名字，也可以形成自己的家族傳統。

總而言之，了解姓名的由來，通曉文化背景，不卑不亢，是在異國生活時彼此介紹來往的大原則。華裔美國作家高克毅，生性幽默，中英文造詣俱屬上乘。他在美國出生，英文名George，於是取筆名為喬志高。有次他去演講，某白人聽眾不懷好意問道："Mr. Kao, are you related to kow (cow)?"——「高先生，您是母牛（cow）的親戚嗎？」，高先生看了此人名牌一眼，發現他姓Durham。北卡羅萊納州有支小聯盟球隊叫Durham Bulls，很受歡迎，更因為凱文・科斯納（Kevin Costner）的電影《百萬金臂》而名聞全美。高先生不加思索，立即答道：

"Mr. Durham, Mr. Durham—that's a lot of bulls!"

所謂bulls，自然是指bullshits（狗屁）。全場觀眾登時哄堂大笑，久久不止，問話者狼狽而退。

說到這又扯到一樁閒事。大陸從臺灣學了靠，臺灣從大陸學了牛逼，雙方從此說話滿口你靠我逼的而不知其本意。這也算是cow與bull的交流升級了。

口音

　　美國是個大熔爐，隨時隨地都能聽到各種不同口音。雖然如此，一般美國人對不同口音差別待遇極大。眾所周知，美國人對英國口音、法國口音崇拜有加。有個老笑話常為英國人所提起：酒吧女侍對英國來的客人說，您說英文的口音真好聽。客人白了她一眼，回道我沒有口音，你們才有口音。

　　我有個同事是法國人，說話不疾不徐，風度十足。有一天我們收到訓練通知，研究院很用心地安排課程，教母語非英語人士如何正確說英文。通知上有句話說：本課程的目標之一在於改善參與者說英文的腔調（accent）。這句話非常政治不正確，因為它暗示外國人口音不入流 —— 正確用法是改善發音（pronunciation）。法國老兄一看通知大怒：「我為什麼要改掉我的口音？大家都喜歡我的口音。」

　　美國人一聽到英式口音說water（發音接近wo-teh），或是聽到法國人說Oui（發音接近we，等於英文的yes），馬上雙眼迷濛，兩頰紅暈，其實也搞不清楚有高檔的英文或法文，也有土包子的英文或法文——人類對於搞歧視總是樂此不疲的。我工作

的部門，有位研究員是牛津的畢業生。她說的英文，便是標準的欽定英文（Queen's English）；而動作舉止十分從容優雅，無一不符合美國人對英國人的浪漫想像。用英文說就是posh（時髦、豪華；這幾年此字用來總是帶點調侃意味）。

前二年實驗室來了個新人，是約克夏（北英格蘭）出身的英國姑娘。此妹極活潑，但是口音很特別，剛來時沒人聽得懂。每次一看到大家發愣，她就臉紅道歉說，我的口音重，害你們聽不懂。照理說異鄉遇同胞應該分外親切，但是約克夏妹第一次和牛津女士見面時，就是有些彆扭。過一陣子我才懂，北英格蘭的口音是「鄉下人」，遇見說著「欽定英文」的「天龍國」人，當然不太自在。鄉下來的約克夏妹到了此地，見識到當今帝國京城，也是處處流露出崇敬之情。

過了幾個月，一切都改變了。

約克夏妹每到一個地方，就有老美跑來，用不勝仰慕的嗲聲對她說：「妳是英國人吧？妳的口音真好聽哪！」我就現場看過好幾次。甚至實驗室新來的學生，家裡有點英國背景，也要改用英國腔跟她說話。約克夏妹給老美捧得暈陶陶的，直接從土包子國升等成超級天龍國，常說這地方太好了，乾脆決定留下來好了。

有部老片，印象中好像是梅格・萊恩（Meg Ryan）演的，講一個美國女孩子跟法國男人交往，結果被甩，不甘心跑到巴黎去堵他。到了才發現，這人就是個沒人瞧得上眼的痞子。這個法國

佬也大言不慚地說，法國人到美國，就好像克拉克・肯特（Clark Kent）的同鄉從氪星到了地球。在氪星沒人理的路人，到了地球通通變成超人！由此看來，對語言文化的盲目憧憬，在哪兒都會發生的。

有崇洋媚外，自然就有歧視偏見。同樣以英文為母語，蘇格蘭與澳洲腔就常受美國人調侃。其實也怪不得美國人，第一個調侃他們的不是別人，正是英格蘭。蘇格蘭在英格蘭面前稱臣，由來已久，加上經濟一直落後，天氣又差，鼻音重的蘇格蘭腔就成了說著欽定英文的倫敦天龍國人消遣的對象，美國人不過承其積習。澳洲人祖先有許多是來自蘇格蘭、流放到地球另一端的罪犯，他們的後代不受消遣才怪。雖然如此，二者還是有差別待遇。美國南方有許多蘇格蘭移民的後代，以勇敢尚武自勉，南北戰爭時南方軍團大多是蘇格蘭人組成，也因此南方邦聯的軍旗是紅底藍大叉帶白星，那個藍大叉就是蘇格蘭的聖安德魯十字。美國人對蘇格蘭人的印象就是粗獷、有男子氣概，很合牛仔文化的胃口。我認識一個蘇格蘭來的大牌教授，他在臺上演講時，底下美國小女生竊竊私語：「他的聲音好迷人噢。」

持平而言，澳洲人的口音原本就「極有特色」，是美國人不容易聽懂的那種。我有個臺灣朋友在澳洲留學，她一開口說英文，旁人就說妳在澳洲念過書哦。最誇張的是我有一次與一位澳洲朋友去party，酒酣耳熱之際，大家聊天熱絡，忽然有位美國女士問我朋友：請問澳洲人的母語是什麼？我朋友漲紅了臉，忍耐

著沒打人，粗聲回答：「英文！我們說英文！」

其它地方的口音，在「英文沙文主義」的心態下，多多少少吃點虧。義大利裔在美國落地生根已久，早已是社會主流，但是義大利口音在電視電影中總是給消遣得一塌糊塗。當然，義大利人說話原本就手腳並用，表情誇張，很像在吵架，已經夠精彩的了。加上義大利人對家庭、宗教的守舊執著，能引起不少移民共鳴，很容易拿來開玩笑。對義大利裔形象「貢獻」最大的莫過於電影《教父》（ *The Godfather* ）系列。一直到現在，我只要聽到我的義大利同事跟她的朋友聊天，腦子裡就響起《教父》中的西西里情歌，實在沒辦法！

附帶一提，瑪丹娜與女神卡卡都是義大利裔。愈保守的文化就會出愈叛逆的青少年。

在美國生活工作，英文要能說得通，這絕對是先決條件。但要與人往來，交情深厚，說話的內容還是比口音重要得多。有些人強調口音是多麼多麼重要，要說得多溜才能融入主流社會云云，我覺得是種迷思。說得溜到能融入高檔痞子圈裡，還是個痞子。充實自己的見識，言之有物，與規矩的人來往，自然能得到尊重。

口音等而下之的是看膚色。有一次看到臺灣某兒童英文補習廣告照片裡的金髮老師，明明就是個俄國妹 —— 顯然是個model。我心想如果是真的，有一天她的學生到國外說著俄國腔的英文，應該會非常有趣。

刻版印象

　　雖然刻版印象阻礙族群之間相互了解，但同時也是很有意思的事。我剛到美國時，一天到晚看重播的影集。其中有一部叫《大家都愛雷蒙》（*Everybody loves Raymond*），說的是第二、第三代義大利裔美國家庭的趣事。裡面的情節包括：義大利父母很關心孩子卻又干涉他們的生活；他們自己人在一起時就會講義大利語，不管別人懂不懂；講話動作表情很誇張；只吃家裡做的義大利菜等等。我與妻每次都看得哈哈大笑，愈看愈覺得義大利人跟華人很相似啊。

　　後來認識一些義大利裔美國人，他們都不太喜歡這部影集，覺得裡面充滿了對義大利裔的刻版印象。當然，在這部之前還有《教父》三部曲以及《鐵面無私》（*The Untouchables*）等黑手黨電影，讓人感覺義大利裔總是操著誇張的口音，前檯開餐廳後檯收保護費，這些都讓義大利裔十分不悅。1984年，民主黨提名費拉羅女士（Geraldine Ferraro）為副總統候選人。這是美國有史以來第一位主要政黨的女性副總統候選人，然而她是出身自紐約的義大利裔家庭，對手馬上影射她與黑幫有關，氣得她到處闢謠，

要對手出來對質。

　　瑪丹娜與女神卡卡也是義大利裔，因此她們的創作很明顯來自於對天主教保守家庭的叛逆。除此之外，我的老闆也是來自紐約的義大利裔第三代，除了姓氏以外，無論從外表或是言談舉止，完全無法令人聯想到義大利人。他說他們家是從西西里來的。有一天我很無聊去Google他的姓氏，結果第一條是披薩店網站，第二條是費城黑手黨老大被抓的新聞。我在那笑了好半天。2016年的動畫片《動物方城市》（Zootopia）中，黑幫老大Mr. Big完全是照《教父》裡的第一代老大抄來的，說話也帶著濃厚的義大利口音，刻版印象顯然深入人心。就像是以前臺灣的山東老鄉抗議為何電視劇裡的軍閥講話一定要是山東腔。

　　了解這些事以後，我當然避免在義大利裔面前談他們這些刻版印象。不過，到這來工作的第二年，認識了兩位義大利來的女孩子。結果發現：

　　電視上演的都、是、真、的！

　　她們的義大利口音的英文，從二十呎外就聽得到。說話時比手畫腳，表情誇張。有一位父母來看她，幫她把公寓整理得乾乾淨淨，她的母親每天下廚做三餐。另一位脾氣直接了當，有一次找我幫忙，對著我說：「本來我跟某某在同一個實驗室，應該問他，但我討厭他，所以來找你。」害我哭笑不得。

　　所以族群的刻版印象其來有自，源遠流長。有時我們會抱怨其他族群對我們有偏見，但有一部分也是我們身體力行，日積月

累，不知不覺給別人的印象。我兩年前看房子時，仲介是個年輕的第二代華人。他介紹房子附近有個當地的連鎖超市，說道：「那樣是滿方便的，但是你們也不會去那裡吧（意指我們只去中國超市買菜）。」我一時語塞，真不知說什麼好。

刻版印象是避免不了的，因此各族群之間更是要有心時常往來、相互了解。在這全球化的時代，更是每個人需要的功課。

《漢米爾頓》

　　我喜歡音樂劇。

　　音樂劇的舞臺魅力是無與倫比的：音樂、舞蹈、故事，還有變魔術般的舞臺機關。演員要會演、會唱、會跳，而且，一律是現場。多大的挑戰！

　　小氣如我者，到這裡來這麼久了，也就現場看過三次。兩次在甘迺迪中心，一次在百老匯。想想一張票八十元，坐在那麼高的地方，舞臺看來那麼小，有點不甘心。再加上三次去都是唱片聽了許多年爛熟後才去，難免有先入為主的觀念。

　　「《歌劇魅影》（Phantom）還是要麥克・克勞福（Michael Crawford）唱的才算數……」那別人都不要混了，劇場直接關門好了。

　　「我還是比較喜歡莎拉・布萊曼（Sarah Brightman）唱的。」拜託，三十年前的事了。

　　「寇姆・威爾金森（Colm Wilkinson）和麗亞・莎隆加（Lea Salonga）的聲音實在太棒了。」對呀，好到把他們升格當主教與媽媽。

到紐約去開會時，由於老婆靈機一動，到劇院去買開場前的急售票，竟然買到一張只要四十五元的票，在還可以的位置，全家看了《悲慘世界》（*Les Misérables*）。

　　我們的運氣很好。那一場演尚萬強（Jean Valjean）的是個名角，唱得極好。他原本退休了，忽然又復出，背後的原因很令人遺憾。原本劇團力捧一個年輕的黑人演員接棒，不料有天他忽然失足從公寓跌落，就這樣死了。劇團只好趕快找回退休的名角，繼續演出。

　　順著百老匯近年來引用少數族裔演員的呼聲，我們看的這一齣女主角芳婷（Fantine）與第二男主角賈維（Javert）都是黑人。

　　我雖然自認很自由派，對這樣的安排卻不是很贊同。在原著裡，芳婷是被紈褲子弟始亂終棄的金髮美女。在戲中，她被工廠開除後，為了籌措女兒的「藥費」，先賣了一頭金髮，然後是門牙，最後下海為娼。黑人女主角高大威猛的唱法好像……很不搭。

　　亞裔常呼籲好萊塢不應「洗白」影片，那是因為原本應該是亞裔演主角的片子也給白人搶去演，甚至還要白人化妝成亞裔的「樣子」。那是雙重侮辱。

　　同樣的，原著是個金髮美女、劇情也要求是金髮美女，演員就應該扮成金髮美女的樣子，不是嗎？

　　基於這樣的原則，當我第一次聽說《漢米爾頓》（*Hamilton*）這齣音樂劇的時候，對它的設定是頗有疑慮的。

《漢米爾頓》這齣音樂劇，說的是美國開國元勳、第一任財政部長，亞歷山大・漢米爾頓一生的故事。此人最為大眾所知的事蹟有二：一是出版《聯邦黨人文集》（*The Federalist Papers*），宣揚聯邦憲法的中央政府精神；二是創立美國聯邦財政系統。這樣看來，似乎此人就是個標準公務員的樣子，難怪連歐巴馬都調侃製作人兼編劇林曼紐爾・米蘭達（Lin-Manuel Miranda）說他看標題實在看不出這齣戲哪裡好看。

這還只是題材。選角中，演主角漢米爾頓的不是別人，正是製作人、波多黎各拉丁裔的米蘭達自己；演華盛頓的是個高大光頭的黑人；演法國援軍統帥拉法葉與第三任總統傑佛遜的，是個綁辮子頭的黑人；演漢米爾頓太太的，是華裔白人混血的菲莉帕・蘇（Phillipa Soo）；她的姊妹，則由另外二個黑人女演員飾演，如此等等，可說從來沒有一齣音樂劇裡的角色像這齣一樣，完全不考慮演員的族裔長相與原著是否相襯。曲調則以尋常的百老匯曲為底，使用了大量的爵士樂，當然，最明顯的是人物對話幾乎都是以嘻哈樂或饒舌歌進行。聽來一點正經八百開國大典的氣味都沒有，反而像極了紐約街頭的眾聲喧嘩。

在聽之前，我很懷疑這完全是一齣為炒話題的譁眾取寵之作。

聽了大約三十分鐘之後，我開始了解其用心。聽完之後，我對創作與製作人米蘭達是敬佩得五體投地。

首先，這是一個紐約的故事。漢米爾頓一生都在紐約市與

「上州」（Upstate）生活，最後在紐澤西與人決鬥而死。米蘭達是在紐約出生、長大的波多黎各移民第二代，是個標準的紐約客。

一個真正的紐約客，演出紐約的故事，比起外地來的、不管是白人或非白人演員也好，豈不道地得多？

其實，我覺得米蘭達真正想說的是：現在美國的各個族裔、各種語言文化、各種生活方式，豈不都是美國的繼承者？

先不說幾百年來族裔之間通婚，早就沒有「純粹」的美國人（事實上，劇裡要角之一傑佛遜，就因與女奴私通，留下了許多黑人後裔）；美國打從一開始，只有純粹的移民而沒有「在地人」。那些開國元勳，哪一個不是移民？更不用說漢米爾頓從紐約上岸，高唱著，「到了紐約，你就是個全新的人。」各個族裔、各種移民，都是這個國家的傳承者，爵士、嘻哈、流行樂，都是道地的美國音樂。用這些來詮釋美國的起源，豈不恰當至極？這是現在的美國，向以前的美國致敬。

以這樣的形式為底，米蘭達在作詞作曲上下了很大的功夫，歌詞的節律廣受好評，將嘻哈樂提升到了不可能的層次。在編劇方面，更是將漢米爾頓曲折離奇的一生表達得淋漓盡致，再也不只是十元美鈔上的頭像。這齣戲屢得大獎，確是實至名歸。

這也就是為什麼，今年初副總統當選人彭斯前去觀賞此劇時，全體劇組人員要在演出後公開發表聲明，希望新任總統副總統，要當全體美國人的總統，而不是由少數人定義誰是「真正

的」美國人。

　「到了紐約，你就是個全新的人。」旨哉斯言。米蘭達，好樣的美國人！

追尋凡夫俗子的天命

美國社會的基督教文化

　　十幾年前，準備出國時，心裡忐忑不安。那時我還在一家委託試驗公司上班，主管在美國待了很多年才回臺灣。我問他到美國去要注意什麼事，他說：「美國基本上是個基督教國家，一般人就算不上教堂，從小也是在聖經的薰陶下成長，待人處事脫離不了裡面的原則。對基督徒而言，幫助別人是一種義務。因此如果有困難，不要怕，開口去問、去求幫助，人們就算臉色不好看，還是會停下來幫你的。」

　　我到了美國，也就真的碰到事情就問，有時也厚著臉皮要求幫助。雖然不是百分之百，但是大多數時候的確都有人熱心幫忙。我還記得剛到頭一年，還沒買車，跟妻到宿舍附近的超市去買菜，提著好幾個袋子走在路上，就有人停下車來問我們要不要搭便車。女兒出生前，我與妻開著Corolla到沃爾瑪超市（Walmart）買嬰兒床。車小盒子大，怎麼也塞不進去，急得滿頭大汗。忽然有個拉丁裔的小伙子過來幫忙我們擺，試了幾種方式都不行，最後幫我們把盒子拆了，將床的組件塞到後車廂與後座。我感激地與他握手，說著我少數會講的西班牙文詞彙Gracias

（謝謝），他指指天空說：“Adios.”（謝上帝吧，常用來代替「再見」。）

　　以後愈來愈熟悉這個地方，也就愈發感謝當年的主管鼓勵我多問、多求幫助。耳濡目染之下，有時在外面看到有人找不到路之類的事，也習慣問問要不要幫忙。這種文化是超越政治傾向的。有些基督徒認為人要自立自強才有資格得到救贖，因此在政治上服膺保守主義，甚至是自由放任主義。有些則認為上帝的愛包容人的脆弱，每個人都應有再生的機會，因此主張扶貧救難，消弭歧見，政治上也就偏向自由派。無論是哪一派，都像是新約裡寡婦求法官的故事，只要你一直問，總是會有人幫忙的。

　　2016年的總統選舉，的確顯示美國社會的分裂。這是鄉村與城市的差距，舊經濟與新經濟受惠的差別，新移民與舊移民的歧見，大政府與小政府的爭執、甚至是種族的爭端。有心人刺激、擴大了這些分裂而從中漁利，在政治上也是無可奈何之事，但是美國社會以基督教文化為基礎的社會風氣，卻因此受到動搖。這從選舉後，各種仇恨言論紛紛出籠，可見一般。

　　我本相信美國幾百年來的基督教文化，有其深厚傳統，應該可以度過這個危機。只是看到《世界日報》（World Journal）有篇社論（2017年3月）說：「川普主義崛起很大一部分是美國基督教文化力量，受到不斷威脅後的反撲，要奪回國家歷史的主導話語權。」讓我感到悲哀。這是對基督教文化的汙衊，也是對為寬容與愛而犧牲者之聖名的侮辱。

球迷的忠誠

　　美國人對運動比賽是很認真的，不只輸贏，更是認同與驕傲。

　　我的老闆出身紐約，是個標準的「紐約客」。他是美足紐約巨人隊的標準球迷。棒球方面他的頭號支持對象是聖路易紅雀，再來就是洋基。王建民在洋基的那些年，所有的臺灣人都每天追蹤洋基的比賽，我也不例外，但其實我最支持的是馬林魚（因為他們球員的遭遇與博士後研究員最像）。老闆常常會跟我聊洋基最近表現如何，我也就跟著聊最近王建民情況如何，洋基比賽如何之類。久了以後，老闆以為我是洋基迷。

　　2009年我跟老闆去跟一個合作團隊開會。那個團隊多數成員都是賓州來的。那時已經確定世界大賽是洋基對上費城人，我就在討論合作方式時，開玩笑說：「為了感謝各位，我決定這次世界大賽支持費城人。」

　　這時我的老闆當場轉過臉來，非常嚴肅地說：「我以為你是洋基的球迷！」滿場的人全盯著我看，然後笑了出來，我一下子尷尬得不得了。

　　2016年1月1日是玫瑰盃決賽，大學美式足球年度最大盛事。

對美國人來說，支持母校球隊是天經地義。那年是史丹佛對愛荷華大學，下午賽前，共和黨總統候選人，史丹佛大學畢業生卡莉·菲奧莉娜（Carly Fiorina）在推特（Twitter）發言說：

「吾愛吾校，但今天挺愛荷華。」

她會那樣說，當然是因為不久之後，黨內首場初選就要在愛荷華州舉行，是一場兵家必爭的選戰，於是她利用每個機會討好愛州選民。但是此言一出，馬上遭到眾人撻伐，罵她是「有政治沒人性」。有記者說：「難道愛荷華選民會蠢到選個背棄自己母校的人？」更有記者不屑地說：「（說蠢話）就是為了上新聞。」

菲奧莉娜被罵是活該，運動比賽可是美國人行之最虔誠的活動呀！

科西嘉

　　科西嘉自古屬於義大利，島上居民自然以義大利裔為主。不料十八世紀時給同樣是義大利來的占領軍——熱那亞共和國賣給法國，從此成為法國領地。科西嘉人繼續為獨立奮戰，與法軍打游擊，漸漸養成凶狠好鬥、守舊排外的性格。至今島民的姓氏還是以義大利文為主，雖然出過拿破崙（Napoleone Buonaparte，也是義大利姓名。發明血管新生抑制療法的義大利裔醫師，名字也是拿破崙——Napoleone Ferrara），當上法國皇帝，但仍相當排斥法國人。

　　朋友說：科西嘉人十分排外，對遊客也不例外。島上的人大多通英語，但不大願意說。幾百年鬥爭下來，島上以家族為中心發展出許多黑幫，與西西里島頗相似。有人到餐廳點菜，老闆竟說大廚累了不想做。求了好一會兒，端上冷麵條，那人抱怨了幾句，竟給老闆與一幫服務生追打出門外。

　　話又說回來，科西嘉人也是知道好歹的。我有個法國朋友，老公是科西嘉人。有次跟著老公回島上探親，一大家子聚在一起，聊的都是黑幫殺了誰、科獨又炸了哪輛車，把她嚇得半死。

過不久她撿到科獨的傳單，說要向某某開戰，但遊客們請別擔心，你們對本島經濟貢獻極大，我們不會動你們的……把她搞得哭笑不得。

科西嘉土地都是一代代傳下來的。幾百年過去，島上住著五十萬人，島外倒有子孫四百萬人。不管在哪裡，如果有哪個子孫說要賣祖地，很可能被追殺。因此到今天各筆土地還是由原來的家族持有。

島上的人既然逞兇好鬥，排外抗爭，各個家族之間自然有久遠的械鬥歷史。這種事情，義大利文竟然給它一個專用的字眼，叫vendetta（血仇之爭），可見其「源遠流長」。島上的紀念品商店，擺著一種當地人械鬥常用的匕首，上面刻著vendetta，專門賣給遊客。械鬥工具成為文創商品，實在是黑色幽默。

事情總是不學不知道。今天我才知道電影《V怪客》（*V for Vendetta*）裡的V是什麼意思。上網去查的時候，發現DC有家義大利餐廳竟然以Vendetta做店名……這是要大家去那吃飯的時候要小心吧。可見亂用洋文以為時髦還真是全球化運動。

羅馬尼亞的女人

（一）

　　說到羅馬尼亞，大家會想到什麼呢？也許第一個印象是吸血鬼德古拉伯爵。像我這個年紀的人，大概會想起羅馬尼亞當年的共黨獨裁者尼古拉・希奧塞古（Nicolae Ceausescu）與其聲名狼藉的妻子。他們夫妻倆非常愛面子，所有的政策都是為了滿足他們的虛榮心。有些大家能懂，例如羅馬尼亞當年的女子體操隊，是國家重點，也是奧運常勝軍。但有許多很荒謬，例如為了使外債歸零，強迫人民縮衣節食，以致於國內有餘糧卻餓死人。

　　當時羅馬尼亞小兒愛滋病感染率居全世界首位。這是因為他們有個老習慣：看到嬰兒皮膚蒼白，就給他打一針血液針劑，以為會減少貧血機率。當時愛滋病機制不明，血液檢查沒有HIV這個項目，許多嬰兒無辜受感染。而且在共黨專制統治之下，小孩只要患病，就算有父母，也會被送到孤兒院。但是孤兒院人手不足，很多嬰兒因為沒有人照顧，變得自我封閉。又因缺乏資源，接種疫苗沒換針頭，一排小孩打下來，本來沒愛滋病的，也全染

上了。美國有很多醫療團體前往義診，但是也有一些醫院利用這個完美控制的環境來實驗 HIV 的新藥，對美國的愛滋治療發展貢獻很多。

蘇聯解體後，羅馬尼亞發生革命，希奧塞古夫妻倆被暴民抓住，施以殘酷的私刑，悲慘而死。在那以後，羅馬尼亞就消失在各種大小事件之中了，偶爾有條新聞也是不大好的消息。我當然也從來沒關心過它的新聞。

過了許多年後，我又重新認識了羅馬尼亞：一個充滿著命苦但頑強女子的荊棘之地。

羅馬尼亞推翻共黨統治之後，人民的日子沒好起來，以往社會的保護網卻崩解了，於是許多人就紛紛離鄉背井，跑到西歐與北美。等到加入歐盟之後，人民可以在歐盟自由居住工作，但羅馬尼亞並不像波蘭一樣，成為廉價勞工來源與歐洲代工廠，反而因為成了歐洲贓車集散中心與黑幫跑路地而「聲名鵲起」，人口還是到處外流。甚至有個奧運體操獎牌得主隱姓埋名到德國賣淫，成了體育界的《悲慘世界》。

這事慘歸慘，卻不是特例。西歐與美國人著迷於斯拉夫女子的美麗，但在他們心目中羅馬尼亞女子才稱得上「妖豔」。一旦邊界開放，白道黑道都到羅馬尼亞來淘寶，於是羅馬尼亞除了贓車、黑道，還成了流鶯輸出國。

於是羅馬尼亞人更要離開傷心所在，到外面闖天下。

（二）

　　我到休士頓讀書時，認識了樓下實驗室的技術員。她告訴我她叫Melita，來自羅馬尼亞。

　　「你知道Melita是什麼意思嗎？」她問。

　　我搖搖頭，當然不知道呀。

　　她說：「是蜂蜜的意思。」我說，跟法文的蜂蜜（miel）好像呀。

　　她很高興：「是的，是的。我們是拉丁人的後裔，語言跟法文很像。」我後來查了，才發現羅馬尼亞自稱是多瑙河東岸羅馬軍團的後代。

　　Melita很愛她的女兒，簡直願意為她女兒做任何事。有一天她拿她女兒的照片給我看，正值十七歲青春無敵的年紀。

　　「啊，大美女啊。」我衷心地讚嘆著。

　　Melita笑得合不攏嘴：「你實在太會說話了（但是真說到我心坎了）。」以後我就知道，要跟Melita聊天很簡單，聊她女兒就行了。

　　這是我這輩子認識的第一位羅馬尼亞人。

　　畢業後，搬到華盛頓附近工作，公寓一住就將近十年。那裡像個大雜院，從世界各地來的人到華盛頓來的第一個落腳處。好處是方便，走路就能去買菜吃飯。我每天坐公車到地鐵站，幾年下來認識好些鄰居。

　　偶爾會遇見一位坐輪椅的女孩子，跟我在同一個地方上班。

她似乎肩膀以下都不能動，脖子也不太靈活。她搭公車幾次後，大概是太不方便就算了，後來也沒在公車站碰面。倒是時常在公寓的院子裡，看見她和一個非常活潑的小女生在一起，後面跟著個老太太。這下真把我弄迷糊了。如果後面那位是她媽媽，小女孩難道是她女兒？當然，閒事一樁，照例不管。

有一天又在公車站遇見了。但這次她不等公車，而是有輛休旅車來載她。車停下，駕駛下車，原來是那位常常在院子裡跟在她後面的老太太。她從車裡拿出了兩塊長板，架好之後，輪椅開上去，老太太到後座固定好輪椅，回到前座開車。

我看了一兩次，後來就幫忙架「軌道」。這玩意兒沉甸甸的，拿起來可不輕鬆。隔天又幫忙，輪椅小姐問我要不要搭便車。我說好啊。

一路上閒聊，了解老太太是她媽媽，而小女孩竟是她妹妹。我問他們是哪裡來的。

「羅馬尼亞。」她答道。

她的媽媽，為她特地到美國來，同時也得把她妹妹帶來，在這已經待好幾年了。老太太英文說不了幾句，卻考了駕照，找人改裝車子，每天搬那沉重的軌道四趟，而平時難免要搬動輪椅，於是手臂變得又粗又壯。到院區下車時，老太太從車子裡走下來，陽光下灰白頭髮散亂披著，長年的辛苦使她長滿了皺紋，但她的眼睛湛藍清澈，透露著峻冷頑強的神氣，簡直是英文說的「眼神有殺氣」（looks can kill）。

又過了一、兩年，輪椅小姐全家回國了，我們再也沒聯絡。但我一直記得老太太那「肅殺」不認輸的眼神。

（三）

席孟娜・哈蕾普（Simona Halep），羅馬尼亞網球選手，現年二十五歲，世界排名第四。剛剛打敗對手，進入法國網球公開賽最後四強。

她在青少年時期就嶄露頭角。還不到十八歲就贏得法國網球公開賽青少年組冠軍。她經常是媒體焦點，卻往往不是因為戰績好，而是因為……她有一對大得驚人的胸部。大報報導她，更多的是小報來拍她練球時的照片。她有廣大的球迷，裡面卻有許多人醉翁之意不在酒。

十八歲那年，她決定要做縮胸手術。一方面是太大的胸部確實影響運動，另一方面，她太清楚許多人來看她是為了什麼。消息一宣布，那些別有所圖的「球迷」紛紛警告她會「人氣下降」、「沒人理」。甚至有人說網球能打幾年，不如留著天生本錢以後還能進演藝圈。

哈蕾普根本不理會這些無聊的言論，毅然進行手術。她在宣布消息時，那湛藍眼神的嚴峻，竟讓我想起了我的鄰居，那位羅馬尼亞老太太。

手術後的哈蕾普，戰績穩定進步，世界排名持續上升。但是她有一個缺點：耐心不夠。往往一落後就情緒失控而輸掉比賽。

這一點讓她教練很不滿。

在一場比賽中，哈蕾普又因落後大吼大叫。教練想安撫她，卻不得要領。輸球之後，教練說：「妳不聽我的，我留著幹嘛。」於是就離開了。

哈蕾普非常沮喪。接著又輸了幾場比賽。

去年馬德里公開賽，她腳踝受傷，但是她決定打一場對得起自己的比賽。她一路緊咬對手不放，最後終於贏了。當她想打電話給教練，教練卻先打來了。

「我看到了。妳可以做得到，那麼我就回來教妳吧。」

於是兩人共同前往法國公開賽。八強賽對上烏克蘭的伊莉娜‧斯維托莉娜（Elina Svitolina）。第一盤六比三輸掉；第二盤五比二落後。

她休息時心想大勢已去，乾脆當成是練習吧，每一球都得打回去的練習。專心一球一球打回去。打過去的球總是跑回來，斯維托莉娜的耐心被磨得精光，延長時竟然反勝為敗。

斯維托莉娜像是洩了氣的皮球，第三盤完全崩潰。哈蕾普六比零贏了，她贏了。

我不知道她能不能打進決賽，然後贏得冠軍，但我知道她就像我認識的那些羅馬尼亞女子一樣，湛藍的肅殺眼神，頑強不認輸。

祝好運，哈蕾普。

（後記：2017年法國公開賽，哈蕾普挺進決賽卻意外輸給拉脫維亞二十歲小將耶蓮娜‧奧斯塔朋科（Jelena Ostapenko），不過順利登上世界女子網球協會（WTA）球后。2018年法網她又捲土重來，此文寫成時已在決賽逆轉勝美國好手斯洛恩‧史蒂芬斯（Sloane Stephens），終於拿下生涯第一座大滿貫冠軍。）

不笑的斯拉夫人

　　卡利古拉（Caligula）是羅馬帝國第一王朝（儒略・克勞狄王朝）的著名暴君。他驚險繼位，缺乏安全感，上臺後神化王權，好大喜功，搞垮帝國財政，胡整到大家都受不了，最後被禁衛軍幹掉。然而使他「聲名大噪」、「歷久不衰」的事蹟是荒唐的宮廷生活，由此衍生出各種民間傳說。以前好萊塢愛拍歷史大片，一拍羅馬就必定要拍暴君的荒淫生活，裡面的場面都是依據民間流傳的卡利古拉印象而來。卡利古拉的故事，拍過好幾次電影——這樣才有藉口擺些煽情畫面。後來有一部，本錢下得重、場面撐得大，還找了當時剛闖出名號的海倫・米蘭（Helen Mirren）演女主角。片子拍好，製作人擔心回不了本，想加點料進去，於是找來A片演員演出「真槍實彈」的劇碼，剪接時加了進去。海倫・米蘭以為自己運氣好接演古裝大戲，到戲院一看變成色情片，當場吐血。這位前幾年因演出英國女王伊麗莎白二世得奧斯卡女主角獎的名演員，還常常在接受訪問或演短劇時，拿「演過A片」調侃自己。

　　美國人看到新總統川普言行，覺得似曾相識於歷史教科書

中，但是他會玩Twitter，於是上「尊號」曰「拿iPhone的卡利古拉」（Caligula with an iPhone）。中文叫來拗口，在此簡稱為哀鳳古拉（Iphongula）。哀鳳古拉對斯拉夫美女特別有興趣，第一任太太是捷克人，第三任是斯洛維尼亞人（不是捷克旁邊的斯洛伐克）。兩人都是模特兒出身。美國人對斯拉夫美女一向痴迷，咸認是天下第一，美艷無雙。近幾年網球賽只要有東歐出身的女網選手，票房就特別好。因此哀鳳古拉的這點嗜好，在鄉下老百姓看來倒不算什麼。坦白說斯拉夫國家除了捷克（捷克其實只能算半個斯拉夫國家）以外，還真沒有一個在歷史上有過什麼好日子，因此想改善生活的美女，找了個西方大隻佬嫁了，外人看來，實在是要抱點哀矜勿喜的心情。

最近流傳了一張GIF照片，哀鳳古拉回頭看著夫人梅娘（Melania Trump），梅娘滿臉堆歡；頭一轉回，梅娘馬上板著臉冷若冰霜。梅娘正版的網路帳號竟然給這張照片按讚，給人逮個正著。於是網上一片譏嘲之聲，覺得梅娘下嫁哀鳳古拉是為了移民，這是她心裡其實不屑那個粗俗暴發戶的證據。

我雖然覺得哀鳳古拉與卡利古拉是一路貨，但這回得為他說句公道話：斯拉夫人是不笑的。

從我到美國念書以來，認識了好些斯拉夫朋友，有俄國、烏克蘭、亞塞拜然、摩達維亞等國來的，以及梅娘的同鄉斯洛維尼亞人，從姓名可以判斷他們確實是斯拉夫人。每一個都是斯斯文文、學有專精的優秀分子。但是，剛認識他們的時候，實在很不

習慣那種平時冷若冰霜的表情。即使後來熟了，大家有說有笑，突然一回頭，偶爾還是會看到像梅娘那樣變臉的劇情。

雖然久了就習慣了，有一天我竟然在網路上看到一篇文章，討論「為什麼俄國人都不笑？」才知道這真的是他們的「文化」。據那篇文章說，斯拉夫人從小家裡教的是「跟陌生人微笑是示弱」、「正經人沒事不會傻笑」。這使得斯拉夫人有種「不怒則威」的表情，也難怪有個喜劇演員丹‧索德（Dan Soder）講笑話說「俄國人是最恐怖的白種人，連流氓都怕他們」、「在治安差的城區行走，如果操俄國口音，沒人敢動你」。

既然如此，梅娘為何要給那張照片按讚呢？以我對他們的了解，梅娘顯然覺得：「我的表情好酷喔。」

荒謬

晚餐時我與妻聊到最近盡是荒謬的新聞。女兒問道：「什麼是荒謬？」

我答道：「從字面上翻成英文，是ridiculous。但是中文所說的荒謬，又不只是ridiculous。這麼說吧，有個原本不應該出現的情形，就這樣發生了，可是大家還是假裝一切正常，甚至向別人解釋這樣是正常的，這就是荒謬。」

女兒顯然聽不懂，我說：「我說個『波將金村莊』（Potemkin village）的故事給妳聽。十八世紀時，俄國女皇葉卡捷琳娜二世很寵愛她的情夫波將金，於是派他去管一個地方。有一天，女皇要去那裡巡視，可是那地方卻亂糟糟的。波將金想了個辦法：他在女皇視察的路線兩旁，搭起了房屋形狀的大看板，漆成村莊的樣子，還擺上假樹假花，派人扮成村民，表演熱鬧的市集，快樂地唱歌跳舞。女皇看了之後很高興，稱讚他把地方管得好。

等到女皇一離開，他就派人把這些布景拆掉，整團人連夜比女皇先到下一個地點，照樣布置起來。這樣幾趟之後，女皇非常

開心。有些侍從覺得不對勁，可是沒人敢講，反而順著女皇的意思大加稱讚波將金。」

「這個故事流傳歐洲，從此以後，英文中也多了Potemkin village這個典故。」

女兒說：「啊，這真是荒謬啊。」

我說：「是啊，妳懂了。由於自然環境、複雜歷史、生活矛盾的緣故，俄國人可說是世界上對『荒謬』體會最深的民族。他們總是挖苦自己，大開荒謬的玩笑。」

「像是什麼呢？」

「記得我跟妳說過的地獄守衛的故事嗎？很典型的俄國老笑話：

某人受邀到地獄參觀，有個魔鬼陪同。在第一層，大魔小魔戒備森嚴，十分緊張，只要看到有個人行動可疑，馬上抓來痛打。某人好奇問道：『這裡關些什麼人啊？怎麼管這麼嚴？』

魔鬼答道：『這些是猶太人。他們很可怕，只要一個人跑出去了，就會想辦法回來把所有人弄出去。』

到了第二層，雖然大魔小魔走來走去，但是互相聊天打瞌睡，戒備放鬆許多。某人又好奇問道：『這裡關些什麼人啊？怎麼不用太嚴？』

魔鬼答道：『這些是亞美尼亞人。如果他們裡頭有個人跑出去了，也會回來，可是只會想辦法把他們家的人弄出去。』

到了第三層，完全沒警衛，這些人想怎樣就怎樣。某人更好

奇問道：『這裡關些什麼人啊？怎麼完全不用管？』

魔鬼答道：『這些是俄國人。如果他們裡頭有個人想跑出去，其他人就會把他抓下來痛打，罵他：『你以為你是誰，比我們都行，想要自己一個人出去？』」

「所以這叫諷刺。」

「有個比較新的笑話。蘇聯快要崩潰時，俄國經濟一蹶不振，政治混亂，於是有人說了這個笑話：

『要挽救俄國，有兩個方法，第一個是不切實際的幻想，第二個是實際可行的辦法。第一個方法是大家團結合作，努力工作，共體時艱解決困境；第二個辦法是飛碟降落紅場，外星人登陸拯救俄國。』」

「這就叫荒謬。」

女兒笑得差點跌出椅子。

「還有以前我放給妳看過的、講俄國人故事的法國片《交響人生》（Le Concert）。很多人不喜歡這片，覺得整片的情節太誇張、荒謬。但是我覺得那個羅馬尼亞導演倒是挺了解俄國人的。在俄國，天天都有荒謬的事發生，他們只好用黑色幽默對應，結果總是笑中帶淚。

世界上第一個公社產生在巴黎，法國有深重的左派傳統，因此法國與俄國之間有著非常微妙的關係。其實就算對俄國人而言，『荒謬』還是隨著時代進步。就某種意義而言，《交響人生》可說是凱薩琳‧丹妮芙（Catherine Deneuve）演的《東方、

西方》（*Est-Ouest;*）的一部續集。只是《東方、西方》的結局快跟《安娜·卡列尼娜》一樣慘，到了《交響人生》，則是荒謬的幽默拯救了遺憾的回憶，有個快樂的結局。」

女兒問：「我們借《東方、西方》回來看好嗎？」

我笑著搖搖頭：「那片我絕不看第二次。我實在不知道為什麼當年我會去看這麼令人沮喪的片子。」

閒聊各國

（一）以色列

今天中午跟幾個同事一起吃飯，席間閒聊著。不知怎麼著，以色列人開始抱怨他們如何委屈求全：

「我們總是不斷割地換和平。跟埃及的和平是用西奈半島換來的，跟巴勒斯坦的相處是加薩換來的。如果要跟敘利亞談和，就要把戈蘭高地割給他們⋯⋯」

大家聽得臉都綠了。這女孩太年輕，竟不知道這幾塊地是打哪來的。我一看不對勁，就轉移話題：「你們知道華人與猶太人有哪兩個共同點嗎？」

大家望過來，很好奇地問：「是什麼？」

「第一，我們都用陰曆。第二，我們過節時都用紅條裝飾門框（中國人過年貼春聯，猶太人逾越節用羊血塗門框三邊）。」

以色列人興致勃勃地問：「還有第三點嗎？」

「有啊，如果妳一定要問的話⋯⋯」

「當然要問。是什麼？」

「兩種人都很小氣。」

大家笑翻。「收拾收拾，回去上班了。」

（二）美國猶太人

我有個學生是猶太人。很久以前，我聽過一個美國都市傳說，今天中午跟她一起吃飯，抓到機會問：

「Rachel，聽說你們聖誕夜都會吃中餐，真的嗎？」

「真的。我們去年還點了中餐外賣回家吃呢。」

「你知道為什麼一定要吃中餐嗎？」

她大笑：「因為聖誕夜只有中餐館有開！」

「所以傳說是真的——醬油湯底的餛飩湯是你們的童年回憶。」

「真的、真的。」她笑著點頭。

（三）西語裔

下午跟西班牙姑娘閒話家常。

「長週末去哪玩呢？」

「跟朋友去運動酒吧看世界盃資格賽[4]。」

「哦，有哪些人呢？」

「有些是阿根廷人，有些是墨西哥人。母語相同，交朋友果

---

4 2018 年世界盃資格賽。

然容易得多。」

「比賽結果如何？」

西班牙姑娘眼睛亮起來：「阿根廷本來快被淘汰了，梅西（Lionel Messi）一個人進三球，客場三比一打敗厄瓜多，直接晉級；同時智利則輸給巴西遭淘汰。上次美洲盃阿根廷決賽PK時輸給智利，非常不甘心。那天自己晉級，智利出局，阿根廷人樂得要命。

美國只要贏弱隊千里達及托巴哥，加上墨西哥贏或者和宏都拉斯平局，就能晉級。沒想到美國輸了，墨西哥也二比三輸，而且失分正好把美國擠到第五名淘汰。墨西哥人大呼過癮，跳來跳去，說是墨西哥有史以來輸得最好看的一場球賽。整個酒吧的人都瞪著我們。」

我笑著說：「阿根廷誰也不想輸。墨西哥輸誰都行，就是不能輸美國。這就是驕傲與自尊的定義啊。」

（四）瑞士

我們實驗室的研究生，是個會說德文的老美。她是讀中學時到德東學的。她有次到瑞士開會，用德文向瑞士人問路，路人都慢慢用瑞士腔德文向她解釋。反而是同行的巴伐利亞德國人問路，瑞士人一律用羅曼語回答，搞得他一頭霧水──羅曼語是瑞士的官方語言之一，雖是德文方言，一般德國人卻不易了解。

後來他們才了解，我們的研究生說的是東部腔的德文，瑞士

人認為她是外國人，所以慢慢講。但是巴伐利亞鄰近瑞士，瑞士人就理所當然認為：「我們說的你應該懂呀！」

（五）義大利

今天午餐時跟義大利同事聊天，她說：「你知道哥倫布是義大利人嗎？我有次萬聖節時把兒子打扮成哥倫布，邊要糖還要邊跟鄰居解釋哥倫布是義大利人，也算是機會教育吧。

哥倫布跟義大利那些公爵王子要錢建造艦隊向西探險，沒人理他。結果他到西班牙，伊莎貝拉女王資助他，於是他發現了美洲，美洲成了西班牙人的天下。

想想看，如果當初那些小氣的義大利公爵王子有點眼光，幫助哥倫布，今天這滿屋子的人都會說著義大利文。」

我一想到滿地的人都要比手畫腳說話，而我也努力去學的畫面，就笑到直不起腰！

（六）俄國

今天女兒約好了跟幾個久不見的朋友看電影，看完了一起去附近吃午餐。孩子們自己坐一桌，我和妻與一個爸爸坐一桌。大家不熟，那個爸爸面無表情，有點尷尬。我想起來這家人是俄國人，俄國人是不會對陌生人微笑的。我問他今天要去慶祝跨年嗎？他說約好了幾個俄國老鄉到某人家裡。

我問他：「你們晚上會看《命運的捉弄》嗎？」這部片是俄

語系國家傳統賀歲片，在當地每年除夕都播放，每個人一定都看過，差別只在看過幾次而已。

他冰冷的表情忽然融化：「啊，你是說那部片嗎？」

我說：「是啊，四個好友除夕時一起去桑拿的那部片。」

接下來他露出十分懷念的表情，開始聊這部片的種種趣聞與細節。午餐後，我們聊了關於小孩教育（與俄國人聊天時非常重要的主題）、家庭近況等等，好像也漸漸變得熟悉了。原來好電影的力量可以輕易突破國界與語言的藩籬，甚至成為文化的代表。

（七）拉脫維亞

在休士頓讀書時，與一位俄國老弟成為好友，有天無意中說起臺灣與中國間複雜萬端的歷史糾葛，沒想到他認真點點頭：「我了解。」「真的嗎？」我懷疑問道。

他說：「我的父親是拉脫維亞人。蘇聯解體後，他沒有回到家鄉，繼續在莫斯科教書。我們偶爾會到拉脫維亞探親。

拉脫維亞與瑞典、德國自古以來往來密切，自認為是斯堪地那維亞文化的一分子。納粹入侵蘇聯時，許多拉脫維亞人視之為解放者，有些甚至志願加入納粹軍隊。等到蘇聯捲土重來，當然，他們被視為叛徒，遭到整肅，而這又引起拉脫維亞人的反抗。

蘇聯崩潰後，拉脫維亞恢復獨立。多年的積怨，使拉脫維亞

政府拒絕給予俄裔居民公民權。文化上的因素，使他們對猶太人也不是太友善。這些當然使他們與俄國的關係愈來愈糟。但是他們自恃歐盟支持，不願讓步。

每年紀念二次大戰結束的活動中，竟然有人穿上納粹軍裝遊行，還有人要為參加納粹黨衛軍的老兵發聲。而每年俄裔與猶太裔居民就發動反制遊行。可想而知歐盟、美國與以色列的觀感如何。

「其實拉脫維亞國內有不少人都擔心，一直與北極熊鄰居對抗，只是充當歐盟的馬前卒，對自己長期不利。但是種種歷史與文化因素，造成了這個死結，整件事很複雜，沒人知道將來會如何。」

我說：「我想你真的知道我在說什麼。」我們乾杯，喝完了手邊的啤酒，盡興散場。

音樂的歷史因素

　　來自英國、在美國發跡的脫口秀主持人約翰‧奧利佛（John Oliver），有一次在節目中談到歐洲極右派的集會總是找重金屬樂團來造勢。聽眾裡總不乏理著光頭、穿著黑色T恤的年輕力壯男子，激動地跟著節奏跳上跳下，看來是有些可怕。奧利佛問道：「為什麼極右派總是偏好重金屬？」他半開玩笑地說，一定是其他音樂不夠力。想想如果極右派集會改找「騷情爵士」（Smooth Jazz）樂團演奏，柔和而風騷的音樂瞬間平息眾人的怒火，吹薩克斯風的一面吹一面道歉：「啊抱歉走音了，剛剛呼麻還沒全醒……」這還能讓極右派激進嗎？

　　可是重金屬樂團為什麼一定要激動憤怒呢？仔細觀察可以發現出名的重金屬樂團幾乎都是歐洲來的，美國很少，而且喜做哥德式裝扮（服裝、化妝以黑色為主，強調黑白分明）。重金屬裡有一支叫歌劇式或交響式重金屬（Opera/Symphonic Metal），慣例是以男團員為基本，另外找能唱女高音的女歌手加入當主唱，但女歌手常常唱幾年就離開或換掉。歌曲一定以美聲唱法開場，也常與交響樂團合作，使重金屬曲子顯得華麗異常。男團員總是

長髮披肩，黑色T恤，女主唱盛裝出場，有時真像演歌劇，但是所有裝扮一定要哥德式的。另外一個特色：大部分受歡迎的交響式重金屬都是從荷蘭、挪威、瑞典、德國等北歐國家來的，女主唱總是高大豐腴而白皙，跟歐美一貫白人愛曬黑的趨勢相反。此外，南歐國家——西班牙、法國、義大利絕對沒有這種樂團（巴爾幹與希臘也沒有，不過那已經脫離了狹義的拉丁文化圈）。

原因來自歷史。重金屬乃至於交響式重金屬，原本就是根據中世紀的北歐「蠻族」文化的次文化。雖說現代的哥德式裝扮與古代沒什麼關係，但有好些符號是一脈相承的：西北歐的重木森林、死亡（呼應中世紀的大瘟疫時代）、武士、遷移、教堂、為了生存而戰鬥等。歌劇是從大教堂的歌唱演變而來，原本就是力量的表現，而重金屬可稱為打了類固醇的歌劇，其延伸竟如此自然。如此看來，（交響式）重金屬，簡直是大眾通俗版的英格瑪・柏格曼（Ingmar Bergman）電影《第七封印》（*The Seventh Seal*）。

次文化的特徵如此明顯，聽眾自然來自於特定族群。在重金屬演唱會的場子裡，絕對看不到一個有色人種、甚至是南歐面孔的。重金屬樂界對此也有反思，他們的擔憂其來有自。除了奧利佛指出重金屬是極右派的喜好之外，去年有一場重金屬演唱會，結束時主唱竟然行納粹舉手禮，大喊「白色力量」（White Power），引起不小的風波。

美國的鄉村音樂也有類似的問題。他們圈內人有心想改進，

倒不是為了政治正確，而是知道如此下去聽眾必然日漸凋零，起碼市場不會擴大。不料2016年美國鄉村音樂獎（聽眾以南方白人為主）只是請碧昂絲（Beyoncé）到典禮上演唱，竟引起樂迷反彈。由此亦可見文化與種族上的偏見實在是人類本性。

話又說回來，這是全球化時代下各個本土文化的困境。2008年，我第一次收看歐洲歌唱大賽（Eurovision Song Contest）。當時驚豔於塞爾維亞、阿爾巴尼亞、愛沙尼亞深帶著民族風的流行歌曲。這三國的音樂與語言有非常強烈的特徵，雖然我一個字也聽不懂，但是聽了卻好像喝了一大杯波本威士忌，香醇濃烈。從此我每年上YouTube看歐洲歌唱大賽。

不料才過了三、四年，各國歌手都唱英文歌，曲風也趨於一致。我非常失望，戲稱歐式願景（Eurovision）已經成了英式願景（Anglovision），以後也不太關注。何以如此？因為排名是由各國互相投票決定。為了搶票，只好用大多數人懂的語言、習慣的曲風唱，結果聽來都差不多。

有沒有特例呢？有的，就是爵士樂。爵士樂源於藍調，是美國南部的黑奴以及其後代們的民間音樂，深受西非文化和音樂傳統影響。爵士樂即興，但須樂團成員緊密配合，一方面強調個人特色，另一方面卻又講究團隊精神，爵士樂因此成為一個開放的系統，迅速傳播世界各地。放眼望去，世界上幾乎任何一個地方都有自己的爵士樂團。如果有人說爵士樂是專屬於某某文化，一定會被全世界的人嗤之以鼻。

所以，說起來，音樂還是脫離不了個人的感情。套句我朋友的話：「群體的激情是一時的，個人的訴求是永遠的。」這，也是真正的音樂應該無國界的原因。

追尋凡夫俗子的天命

匈牙利音樂

　　匈牙利最知名的歌者應該是瑪塔・塞巴斯蒂安（Sebestyén Márta，匈牙利人與東亞規矩相同，姓在名前，以下說到姓名均如此）。這主要是拜電影《英倫情人》（*The English Patient*）之賜，採用了她的名曲〈愛情啊，愛情〉（*Szerelem, Szerelem*）為主題曲，因而全球知名。當然瑪塔的歌唱是無與倫比的——她的歌聲有一種魔力，彷彿能催眠聽者走進迷宮。YouTube上很容易找到她的樂團——音樂家合奏團（Muzsikás）的作品。匈牙利文的Muzsika即是music（另一個字zene也是音樂。我還沒搞懂它們的差別）。高畑勳名作《兒時的點點滴滴》也用了瑪塔的好幾首歌曲為插曲，是男主角敏雄愛聽的鄉間生活民歌——匈牙利傳統上是個以鄉村生活為主的農業國家。

　　匈牙利音樂的另一個特色是有許多將民歌流行化的樂團，例如Nox，Holdviola，或是Besh o droM。民歌一直是匈牙利歌手的靈感來源。

　　說到這想到一件奇妙的事。匈牙利的民歌在日本很受歡迎，瑪塔不用說了，另外兩位比她小一輩的歌手Szalóki Ági與Herczku

Ágnes在日本都頗為知名。為什麼日本人會喜歡匈牙利民歌？沒人知道，但是匈牙利文的文法與日文有些相似，有人認為兩者系出同源，都出自於阿爾泰語系，所以日本人聽了倍感親切，誰知道呢。

匈牙利有許多吉普賽人，而吉普賽人能歌善舞，有悠久的音樂傳統。匈牙利最出名的吉普賽歌手當是貝亞・保耶。我在甘迺迪藝術中心聽過一次她的演唱，那才是能歌善舞，天生的韻律感。保耶在電影《尖叫旅社》（*Hotel Transylvania*）客串客棧歌手，唱她自己的歌 'Tchiki Tchiki'，非常生動，因而名聲大噪。有空可以在YouTube上找來聽聽看，聽了才知道「熱情如火，愛恨分明」是什麼意思。

匈牙利音樂另一個重要分支是猶太人。一般來說，猶太人的音樂修養比較接近歐洲古典音樂主流，但是在匈牙利猶太人中出了許多爵士歌手，例如Váczi Eszter（看名字就知道是猶太人）。

匈牙利的族群非常複雜，各族群音樂都有極豐富的傳統，也出了許許多多的音樂人才，足以與奧地利、德國比肩。我只能說些皮毛，大家有空可以上YouTube找來聽聽。

阿爸的信念

　　父親過世的那一週，我的匈牙利好友，知道我心下哀傷，把一首很有意義的匈牙利歌曲翻譯成英文，連同演唱的影片傳給我。我從沒有聽過一首描寫父親的歌是如此平淡卻深刻。三年過去了，現在我把英文歌詞再翻成中文。經過兩次翻譯後，譯文顯然已經失去了原來歌詞的節奏，意義大概也流失不少。但我想這是我的一點心意吧。

阿爸的信念

我阿爸相信家中要有溫暖，
我阿爸相信相聚帶來喜悅，
我阿爸相信他父親的榜樣，
我也覺得就該是這樣。

我阿爸相信初夜來自愛情，
我阿爸相信戒指刻劃誓言，
我阿爸相信真誠的話語，
我也覺得就該是這樣。

嗯，我覺得的確是這樣。

我阿爸相信凡人的英勇，
我阿爸相信古諺的智慧，
我阿爸相信詩篇的美麗，
我也覺得就該是這樣。

我阿爸相信先知的信念，
我阿爸相信卓別林的哀愁，
我阿爸相信河流的去向，
我也覺得就該是這樣。

嗯，我也覺得就該是這樣。

我也相信有些事情是好的。
我相信傳唱的歌曲。
我相信城市的熱鬧，
我相信我的她，也相信自己。
我相信奈米科技，
我相信宇宙擴張。
我相信雷射光束，

我相信千禧榮光，
我相信立體音響，
我相信毀滅武器，
我相信河與橋梁，
我相信，我相信，
我相信我阿爸的信念。

Apám hitte by Zorán

Apám hitte

Apám hitte az otthon melegét,
Apám hitte az ünnep örömét,
Apám hitte az apja örökét,
S úgy hiszem, ez így volt szép.

Apám hitte az elsõ éjszakát,
Apám hitte a gyûrû aranyát,
Apám hitte a szavak igazát,
S úgy hiszem, ez így volt szép.

Tü rü—rü—rü—rü rü—rü—rü—rü—rü
S úgy hiszem, ez így volt szép.

Apám hitte a h s tetteket,
Apám hitte a bölcsességeket,
Apám hitte a szép verseket,
S úgy hiszem ez így volt szép

Ná—ná—ná ná—ná—ná—ná—ná...

Apám elhitte a hírmondók szavát,
Apám elhitte Chaplin bánatát,

My father believed

My father believed in the warmth of home,
My father believed in the joy of feast,
My father believed in the heritage of his father,
And I think it was good this way.

My father believed in the first night of love,
My father believed in the gold of the ring,
My father believed in the truth of the words,
And I think it was good this way.

And I think it was good this way.

My father believed in heroic deeds,
My father believed in wise sayings,
My father believed in beautiful poems.
And I think it was good this way.

My father believed the word of the heralds,
My father believed the sorrow of Chaplin,
My father believed the direction of the rivers,
And I think it's right this way.

追尋凡夫俗子的天命

Apám elhitte a folyók irányát,
S azt hiszem, ez így van jól.

Tü rü—rü—rü—rü rü—rü—rü—rü—rü
Azt hiszem ez így van jól.

Ná—ná—ná ná—ná—ná—ná—ná...

Én is hiszek egy—két szép dologban,
Hiszek a dalban, a dalban, a dalban.
És én hiszek a város zajában,
És én hiszek benne, s magamban.
És én hiszek a mikrobarázdában,
És én hiszek a táguló világban.
És én hiszek a lézersugárban,
És én hiszek az ezredfordulóban.
És én hiszek a kvadrofóniában,
És én hiszek a fegyver halálában.
És én hiszek a folyóban s a hídban,
És én hiszek hiszek hiszek apámban.

Na na—na—na—na—na—na—na—na...

I think it's right this way.

I also believe in some good things,
I believe in the song, the song, the song.
And I believe in the noise of the city,
And I believe in her and in myself.
And I believe in nanothechnology,
And I believe in the expanding universe.
And I believe in the laser beam,
And I believe in the millenium,
And I believe in quadrophony,
And I believe in the death of weapon,
And I believe in the river and the bridge,
And I believe, I believe, I believe in my father.

掃描QR Code聽此曲

CHAPTER 3

感時懷舊

懷舊之情

（一）

　　每次回臺灣，都會發現故鄉不斷在變化。臺北市市區內不用說了，現在誰還知道西門町圓環是什麼？我讀國中時，晚自習常常倚在走廊圍欄上，看著日落觀音山。上次回去，看到一棟嶄新的溫泉旅社大樓佇立在陡峭的山坡上，完全把國中操場對外的視線擋住，日落觀音山現在竟然要付錢才看得到，觀音有靈大概會流淚吧。

　　回到臺南，不變的就是變化。母親的故鄉在臺南縣——我才不管什麼三都五都的，姊夫、表弟妹也都是成大畢業的，更不用說許多學長姐、朋友都在臺南任教、工作。我最喜愛的散文作家陳之藩先生也曾任教於成大。我一直以曾經是臺南的一分子而自豪，對臺南有一份特殊的感情。而成大如此揮霍其校園，市政府如此大手筆塗改市區景觀，我只能抱著遊子的遺憾搭高鐵回臺北了。

　　人們是如此熱心地除舊布新，讓我想起外公家改建時的情

景，親戚們迫不及待地拆除四合院與檜木大床，賣給收破爛好賺些錢。

（二）

　　說起來人都有懷舊的感情，日本人尤其厲害。我看高畑勳的動畫《兒時的點點滴滴》，被那裡頭懷舊氣氛融化得一塌糊塗。特別的是，原來印象中小時候的臺灣跟日本如此相似。不只是城市設計的景觀相似，連小學生的制服、教室的樣式，乃至於第二節下課做體操的方式都相似到不行。我看八〇年代的漫畫《湘南爆走族》與九〇年代的《灌籃高手》——背景都在神奈川海岸線——立刻想起大學時騎機車奔馳於南部海岸公路的情景，一面看一面陷入深深的回憶中，幾不可自拔。

　　日本的環境面貌在二戰後，歷經都市快速擴張，也不斷改變，日本人也感受到那種割裂回憶的痛苦。想尋找記憶中的故鄉，可以一路找到臺灣來，這完全可以理解。也因此宮崎駿拍了《平成狸合戰》，講述原本屬於農村的人，如何掙扎生存於新開發的、割裂回憶的都市之中。這是宮崎駿最後一部掏心掏肺的作品，以後的也很好，我也很喜歡，但不免於媚俗。原本的封箱之作——《風起》（2016年宮崎駿宣布復出，所以《風起》變成倒數第二部了），在藝術上的成就，大概跟黑澤明最後一部電影——《夢》——差不多了。

（三）

　　美國人在懷舊的心理上，有其特殊之處。美國從一開始就是個移民國家，任何人來了從頭開始，但從頭到腳還是原本祖國的產物，要到第二代、第三代才成為「本地人」。因此他們的懷舊常常是從「我祖父搭船來到紐約艾利斯島」這樣開始。美國人的懷舊記憶可說是在自己手裡創造出來的，有時不遺餘力想留點舊東西看來還有些做作。但是這樣努力了二百多年，也有好些全民共同回憶，形成移民建構新社會的集體民族意識。

　　但是這七、八年以來，由於日子不好過，美國的懷舊意識卻漸漸變成了希望維持當年特權的空想，結果選出了一個無厘頭主政。矛盾的是，一部分人維持當年特權的懷舊，卻破壞了「移民建構新社會」的集體民族意識，造成目前的認同危機，進一步將國內外搞得一團糟。

　　這個時候，音樂劇《漢米爾頓》大受歡迎，也就是對這種懷舊意識的反思。畢竟，漢米爾頓是個出生在加勒比海小島的孤兒，出身低微，到了紐約從頭做起，為自己、為移民掙得一席之地，甚至奠定美國聯邦政府的基礎。

　　這種「懷舊」，將歷史重新連結回現實，正是我們今天所需要的。

返鄉列車

　　桂芳躺在療養院床上，因疼痛整天呻吟著。兩年前醫師診斷出是癌症時，就發現已經蔓延到他全身的骨頭了。隨著疼痛增加，嗎啡愈打愈重，體力也逐漸衰弱，接著甚至連走路都沒法子。行動受限，卻使他的脾氣更加暴躁。家人無奈，只好把他送到療養院。

　　桂芳雖然弄不太清楚，卻也知道這不是家裡。打從他離家的那一刻起，時代的列車就不斷地帶他到陌生的地方。十九歲那年，他高中畢業。在江西那個偏僻小鄉，到省城上高中簡直跟考進士中狀元一樣。老父巴望著身為長子的他回鄉繼承祖業，當一個郎中。沒想到他讓省城的花花世界開了眼，夢想著當一個演員，參加巡迴劇團，甚至有朝一日成為電影明星。不久，他打聽到一位當軍醫院主任的族叔，要到廣州赴任。廣州？那裡豈不是有些電影公司？更不用說那裡到香港很近，好些大電影公司已經遷過去了。他跑去找族叔，謊稱父親同意他到廣州試試軍醫院有沒有缺，就等族叔帶他一道去。族叔同意了，於是桂芳瞞著父親買了火車票，偷偷收著行李。出發那一天，老父畢竟還是發覺

了。村長的兒子要出遠門，無論如何是瞞不住的；總有人上門問長道短，打聽大少爺出門做什麼。老父一聽大驚，連忙叫人趕到車站，吩咐族叔把桂芳帶回。族叔一聽傻了眼，原來這小子沒說實話，趕忙上火車喊人，可怎麼也找不著。時間到了，差人只能眼巴巴望著火車離去。到了廣州，桂芳忽然出現了，原來一路上他只要聽到有人喊他就鑽到座位下躲起來。

沒想到不久之後共產黨要渡江了，廣州所有的製片公司不是遷到香港就是臺灣，哪來的機會給他當演員。不會說廣東話，他四處碰壁，無處可去。偶然見著孫立人招兵的告示，想說到臺灣闖闖，攢幾年錢，過幾年回鄉也有個底了。

船出港了，桂芳萬萬沒料到下一次回家是四十年以後的事。

到了臺灣，先在鳳山受訓，再憑著高中學歷考軍校。同袍朋友們打算著未來成為威風八面的將官，紛紛報考了帶兵打仗的官科，腦筋動得快的則是政治、後勤等。但是桂芳發現竟然有戲劇系！

再到臺南、臺北、臺中、澎湖，隨著部隊單位不斷地遷移，不斷地到陌生的地方。

然後派到了金門，砲火彈如雨下，經歷了魂飛魄散，見著了死裡逃生。回到臺北，終於在一個單位定下來。

他想著家鄉年輕的妻子，想著蔣總統說很快帶你們回大陸，一直沒有再婚。這時到臺灣已經二十年了，大家心裡都已經不大相信了。孤身在臺灣一個人，他想結婚了。然而時代又把他載到

另一個陌生的地方。他與妻子相差近二十歲，與子女相差超過四十歲。當時沒有「代溝」這個新鮮字眼，但在家裡他卻活生生地感受到一隻腳踏在農業社會，一隻腳邁向工業社會的尷尬。

好不容易過了幾年安定的日子，他卻在五十五歲壯齡之時強制退伍。微薄的退休俸再度把他推向陌生的境地。一輩子帶兵管人的他，先試著開個賣牛肉麵小攤，只撐了三個月。接下來應徵警衛，卻給人損了一頓忿忿回家。後來拜託了好些朋友，總算在公家單位安插了個打雜的工作。

也才定下來沒一、兩年，一直死守「三不政策」的政府，忽然開放不在公家做事的老兵返鄉探親！桂芳打聽到老母還在，顧不得以後的生活，趕緊辭了這個得來不易的工作，回鄉探親。經歷了頭一兩次淚如雨下、遊子回鄉的激動，他卻發現人心變化太大，老家再也不是他的故鄉了。他以為這次時代的列車要載他返鄉了，沒想到還是把他帶到陌生的地方。老母過世以後，他再也提不起返鄉的興致，臺灣才是他的家。

然而接下來十幾年，臺灣的政爭愈演愈烈。桂芳與同輩的人們總是政治語言攻擊裡最容易的靶子。他不明瞭這個地方怎麼變得這樣。

他慢慢地退縮在家裡，每天只想做木工、修雨傘。即使他頑固地守著老觀念，總覺得事情應該照著他年輕時候的樣子去做，很多事與妻子兒女說不通，三天兩頭吵一番，但這總歸是混亂的世界中一個安穩熟悉的角落。

他每天菸酒、吃重鹹重辣重油的菜幾十年，從不在乎。但漸漸地，總是身強體壯的他開始對自己的身子感覺陌生。有一天撐不住了，被太太兒子帶去檢查。

癌症末期，全身轉移。

身子太強壯，反而讓他吃足苦頭。癌細胞把骨髓都吃光了，已經造不出幾滴血。要是一般人早完了。但是他的身體跟他的性子一樣頑固，不願屈服，輸血之後，又恢復精神。但因為免疫力不足，多次感染，使他奄奄一息。然而抗生素打下去後，他的身體又熬過來了。無休止的疼痛、愈打愈重的嗎啡，桂芳有時會指著空無一物的角落說菩薩來接他。但菩薩沒有來。

頑固地抵抗癌症二年後，有一天晚上他撐不住了。他大口吸著氣，卻總是吸不到，眼前突然一黑……

桂芳從黑暗中驚醒了過來。蒸氣列車聲咯聲咯地搖著，車廂內有一盞昏暗的燈。「我睡了好久啊，可就怎麼記不起什麼時候上的車。」他思忖著。「火車應該是開在隧道裡吧，但為什麼沒有煤煙味呢？」

有個帶著大盤帽，穿著藍卡其布制服的年輕人走近他：「先生，查票。」

原來是列車長查票來了。可是我的票呢？桂芳四處摸著。

列車長說道：「上衣右邊口袋。」桂芳一探，果然摸出張票。「奇怪，他怎麼知道？」再一想更怪：「我要到哪兒？」

列車長笑了：「看看車票吧。」就著那一點燈光，他仔細一

瞧，看到起站──臺北、終站──樂安的字樣。他更是丈八金剛摸不著頭腦：「臺北到樂安什麼時候有火車通行啊？」然後又自己解釋說：「一定是跟臺北到廣州的飛機聯票吧。」

抬頭一看，列車長還站在一旁呢。桂芳挺不好意思，趕緊把票遞上去，順口問到：「還要多久才到站啊？」

列車長卻沒有直接回答：「票剪了，才算上車。上了車，很快就到。」說著就把票剪了個圓形的洞，然後踱步離開。此時一線光出現窗邊，列車似乎要離開隧道了。

果然才過沒多久，列車就進站了。桂芳下了車，想著這是什麼時候訂下的旅程啊。他一邊走著，一邊四處張望。他看到一面鏡子，忽然愣住了。鏡中影像是一個十八九歲的俊秀少年，穿著漿得挺白的襯衫西裝褲。月臺遠方有一對中年夫妻，男的穿著藍布長衫黑布鞋，女的梳著個包頭，對著他不停揮手：「桂芳、桂芳，這裡、這裡！」

桂芳剎時間明白了。他跌跌撞撞地朝他們跑去，眼淚如斷線珍珠不停落下，一面笑，一面哭喊著說：「爹、娘，我回家了，我終於到家了！」

灘頭賭命

1958年，父親是個康樂隊小中尉，還是滿懷著戲劇家的夢想。忽然對岸萬砲齊發，狂轟金門。這時全島國軍緊急動員，於是父親也給派到金門去了。

父親曾描述那「彈如雨下」的情形，人的性命剎那間變得如此渺小。他在金門每天躲砲彈，慶幸著又活了一日。有一天，他一位朋友跑來找他，說營長平常就看他不順眼，要整他，明明在營部的碉堡當文書，卻忽然派到灘頭當排長，必死無疑，因此他決定開小差，來與父親道別。父親大驚，勸他說，副司令（趙家驤、章傑、吉星文）尚未陣亡，奉命守灘頭的人，難道天生命比不上營部的人值錢？更何況敵前逃亡，抓到不用軍法審判，立即槍斃。金門才多大，與其給捉到可恥地槍決，不如到灘頭賭命，還有活的機會。

父親力勸之下，友人揮淚訣別，前往灘頭。隔日又是彈如雨下，但該友人命大逃過一劫。等到回到營部，一看卻驚呆了。一般碉堡即使正面受砲擊，仍可屹立不搖。但是有枚砲彈卻因為發射角度太高，垂直落下，竟然不偏不倚由頂部貫穿碉堡，包括營

長裡面無一人生還！友人找到父親，激動握住他的手，淚如雨下，直呼救命恩人。

　　幾個月後，父親幸運地調回臺灣。從1949年到臺灣起，父親每天寫日記，持續不輟，一連九年。但從金門回來後，他再也不寫日記。這中間是否又有什麼緣由，父親生前我從來沒好好跟他聊過，現在也無從問起了。思之悵然。

小英與媽媽

　　大家別誤會，本文不是用來給長官窩心的。這是那個有故事的小英，說來就叫《小英的故事》。對，就是大家三十多年前看的卡通，裡面的小英。

　　有了YouTube以後，自己的童年，居然離孩子不遠。有時聊天聊到小時候做什麼，就找一段以前的卡通片給他們看。沒想到他們一看就上癮，每天時間一到，就聚在電腦前，看《千面女郎》（現譯《玻璃假面》）、《忍者亂太郎》、《蓋特機器人》、《鐵人28號》、《金銀島》等，竟像極了小時候六點鐘一到，搬凳子到電視前的情景。

　　給他們看的第一部是《小英的故事》。小英跟媽媽相依為命，駕著驢車，一路要從印度走回到法國，正好給孩子機會教育。

　　「你們看，小孩也能幫忙父母做許多事。」

　　「把拔，我們家也能養小毛驢跟小黃狗嗎？」

　　嗯，每個人看的重點都不同。

　　小英一行人終於進入歐洲時，旁白說：

「小英與媽媽到了波士尼亞與赫塞哥維納，及克羅埃西亞，它們位於現在的南斯拉夫。」

瞬間跳回三十多年後的今天，趕快跟孩子說明：「南斯拉夫已經解體，現在它們又變回波士尼亞與赫塞哥維納聯邦，以及克羅埃西亞。」

不久之後，媽媽去世（以前沒有抗生素，感冒都可能治不了），小英賣了驢子，獨自帶著小黃狗，繼續走著，終於走到法國。費了一番工夫，才進到她爺爺的紡織廠裡當女工。

「小孩不可以當工人啊？」

「傻孩子，那時農村很窮很苦，一般家庭哪供得起孩子上學，還要賄賂領班才能進工廠做工賺錢啊。」

思緒一下子飛回剛讀大學的時候。

當年我到臺南去讀大學。外婆家在臺南縣，小時候每年暑假媽媽都會帶我們三姊弟回外婆家——坐了幾小時的火車，到了臺南站，下車到中山路搭臺南客運，晃呀晃的一個多小時，下了車又走上一段路，才終於到阿嬤家。

我對臺南市區的印象也就是火車站附近。讀大學時間多，沒事就騎著腳踏車到處逛。有一天逛到一間關閉的大工廠。

「昔為臺僑紡織」。

放寒假回家，跟媽媽提起，媽媽說：「那是我以前當女工上班的地方。」

外公外婆有十個孩子，食指浩繁，生活不易。那個年頭重男

輕女，家裡所有資源都給了兒子，女兒小學畢業就出去學手藝做工。雖是如此，媽媽讀書成績很好，考上了初中，父母破例給她讀去。那時她下了課，還要幫忙兄嫂處理家裡的事，其辛酸有不足為外人道者。等她考上高中，兄嫂反悔不讓她去讀，媽媽只好到臺南紡織當女工。

眼見重男輕女的環境改變不了，媽媽乾脆及早結婚，跟著爸爸到臺北來。現在人說「天龍國」是調侃臺北人，那時臺南鄉下年輕女孩子，進了臺北城，可真是給這繁華所在嚇壞，一點都不輸給小英在法國奮鬥的過程。

小英靠著會說英文（她的母親顯然出身自英國殖民統治下的印度上層階級），一步步升遷，成為廠主（她爺爺）的助理，最後與爺爺相認，繼承工廠。（小朋友們，學會第二語言很好用喔。）而媽媽離開自己的家庭，孤注一擲到臺北奮鬥，所有的希望都落在我們這些孩子身上。

她對我期望很高，但是我顯然繼承爸爸愛做白日夢的個性，比臺南人務實打拚的性格更多一些，幾十年下來，難得做幾件讓她開心的事。

最近我打電話給媽媽，說朋友熱心，要我年底回臺灣講兩堂課。一堂在臺北，一堂在臺南。在電話中媽媽有點不好意思地問：「我從來沒聽過你講課。你到臺南講的時候，我可以去聽嗎？」當然啦，媽。那是我的學校耶。講完後，也許我們可以逛到東寧路與裕農路上，去看看紡織廠舊址。

追尋凡夫俗子的天命

生日快樂，女兒

女兒明天滿十三歲，準備正式變成英文裡的青少年（teenager）了。

十三年前，她在妻肚子裡待到超過預產期快兩週，還是沒動靜。頭一胎，我們沒經驗，婦產科醫師大概因為自己有孕在身，也忙得沒注意到。等到最後一次產檢，醫師大吃一驚，說不能再等，約了時間，打藥催生。我們挑了個週六，因為窮學生想的還是停車免費。

孩子一生下來，面目蒼白，安安靜靜。醫師打了她幾下屁股，還是不哭。我們哪知道屬害，醫生卻嚇得臉也白了，把她帶到一個小房間。出來時包好睡著。事後醫生才告訴我們，她給帶進去抽痰，花了好些功夫才順利呼吸，累到沒力氣哭就睡著了。

頭三個月，餵奶、吐奶，體重上不去，然後發現她對牛奶過敏，要喝豆奶。有好些日子我白天做實驗，晚上回來餵奶，喝完她就吐得我一身，然後我就去洗衣服。

她慢慢長大，沒經驗的父母也做過不少驚險與爆笑的事。一家就是我與妻加她，因此到哪裡都帶著她。休士頓中國城裡的超

市她不知逛了多少回，也常到我們愛去的墨西哥餐廳。把她放上車、抱下車，搞得我背痛了一兩年。

2005年，我畢業了，很幸運地要到現在這裡工作。我們先回臺灣一趟，回到休士頓那天，市長宣布，超級颶風逼近，全城撤離。這下傻眼了。正在考慮要不要離開時，俄國好友說：「你有太太、小孩。萬一像紐奧良那樣淹水，你怎麼辦？跟著我的車，到我北德州的家躲一躲。」我想真是冒不起這個險，於是匆匆收拾行李跟著他走。

二百萬輛車卡在高速公路上，在豔陽高照、攝氏三十七、八度的高溫下龜速前進。女兒乖乖地坐著，等於一直綁著安全座椅上。她肚子餓了，妻只能塞給她一些餅乾之類的乾糧。開了六、七個小時之後，終於到了一個小鎮，可以停下來休息。一停車，她就吐得稀里嘩啦。我一面擦一面抱怨，然後在氣頭上不小心把她的奶瓶丟到垃圾桶了。

我繼續開車、找加油站、找廁所，花了十個小時才到奧斯汀。然後強迫自己不打瞌睡開山路，又開了八小時到達拉斯附近。停下車來打電話找朋友，女兒連哭的力氣也沒有就睡著了。

朋友交代他的鄰居招待我們。那倆夫妻是菲律賓移民，熱情款待我們，出發前還幫我們檢查車子，給輪胎打氣，然後拿了一袋炒培根給我，說路上啃這個就不會想睡。

有時你會相信人世間有天使。

我們於是朝向馬里蘭州出發。一路上沒心情玩，只想趕快到

達，住進好心的朋友幫我們租的公寓，才能定下來。早上出發，黃昏就找個旅館住進去。

到了第四天，車開在穿過賓州、西維吉尼亞、馬里蘭三州的山路上。路極蜿蜒，開得心驚膽戰。到了中午，女兒在後座餓了，不停吵著，我就下交流道，停在一家溫蒂漢堡店門口，讓妻與女兒先進去吹冷氣用餐，然後我去停車。

山裡休息站道路設計很怪，我一不小心就……開上高速公路！

我想從下個交流道離開再轉回來就好。不料下兩個交流道都封閉了，我開了十英里才找到交流道，轉回來又十英里，總共花了將近四十分鐘「停車」。

我走進溫蒂漢堡店，妻就哭出來：「我身上只有幾個硬幣，連個薯條也買不起，我就一直罵女兒，說要不是妳吵，把拔也不會停下來又開錯路……嗚嗚嗚……」

我點了餐，女兒吃飽了就很乖地看風景。我們繼續上路。

終於到了馬里蘭州。在朋友家住了幾天，然後才搬進空空的公寓。心想，先打地鋪，過幾天再到IKEA買傢俱吧。

結果全家被臭蟲叮得好慘，而且秋天到了，在地板上睡好冷。第二天先去服務中心要他們馬上來除蟲，然後衝到IKEA買傢俱、租廂型車再回來。現在回想起來真不可思議，這麼多傢俱我一個人是怎麼搬下去的。

我們終於定下來了。從此就一直待在這個城市。

兒子出生後，妻總覺得我偏愛女兒。也許是吧，總覺得這個孩子從我當學生的時候就在我們身邊，跟著我們經歷好多、好多的事情。

　　生日快樂，女兒。

《讀者文摘》出版的《雋永集》。雖然外封套面已經遺失，書本的燙金封面仍然雅緻，用紙磅數十足，印刷精美，裝訂牢固。現在要找到從內到外都這麼講究的書已然不易。（見頁 168〈老友相逢〉）

老友重逢

　　前幾天媽媽去倒垃圾的時候，看到有本裝訂精美的舊書跟回收的紙張擱在一起。她知道我是什麼書都看的，就順手撿了回來。過兩天我回到家的時候，媽媽指著那本書對我說：「欸，你看看我撿到什麼？」

　　我拿來隨手一翻，大吃一驚：「媽，這是《讀者文摘》的《雋永集》，1975年初版！」

　　這本書收錄了《讀者文摘》歷年「最精彩文章九十篇」。七〇年代正是《讀者文摘》出版事業的鼎盛時期，每個月出版各式佳作。不僅如此，其中文版總部在香港，由林語堂之女林太乙主持。她幼時隨著父親周遊列國，與各國文人雅士相交，中英文俱是上乘，十八歲就在耶魯大學教中文。有這樣的人物坐鎮，當時《讀者文摘》的中譯水準在出版界堪稱傲視群倫。《雋永集》裡都是一篇篇的短文，敘事簡潔而生動有趣，文辭優美，譯筆傳神，實在是《讀者文摘》最高峰時期的代表作，拿來當作文範本絕不為過。

　　實際上我沒有真正讀過這本書。小時候我爸從舊書攤捆了一

大批在1968年至1975年出版的《讀者文摘》回家。我沒事就從中抽一本出來看，每每驚嘆於其故事如真似假的情節。《雋永集》收錄的正是這段時間刊登的短篇故事，因此我以前雖然沒有翻過這本書，但裡面有許多篇很熟悉，重新讀來宛如老友重逢，自顧自地感動得要命。

《讀者文摘》的全盛時期，在全世界名聲顯赫，影響無與倫比，現在的年輕朋友是很難想像的。據說創辦人夫婦有蒐集名畫的癖好，而參觀過其豪宅的人莫不震驚於其收藏直追國家藝廊。《雋永集》既是在其巔峰時期所出版，其紙張、印刷、裝訂都十分精美而堅固，這本給人扔在垃圾堆的舊書依然頁頁完好，蝴蝶頁牢牢地黏在那兒，一點也沒有剝落的跡象。書外套已經不在，更不用說當年贈送的漂亮書籤到哪去了。原主人顯然不能欣賞這樣舊時代的文學與工藝作品。

我跟媽媽要了這本書，當天晚上就念了其中一個故事給孩子們聽。經過多年又與這些故事重逢，依然感動，我既興奮又有無限感慨。

《千面女郎》

跟孩子們說，我們小時候，父母絕對嚴禁孩子看漫畫。

「啊，怎麼會這樣？」一大一小驚呼：「漫畫很好看耶。」

是啊，我也這麼覺得。可是以前有種東西叫聯考，沒考完之前，父母會盯著你在看什麼書。所以有一天，我看到姊姊從學校回來，趁著媽不注意，迅速地從書包中抽出一本東西，塞到床底下。

我是什麼書都看的，所以偷偷問姊姊那是什麼書。她說是少女漫畫。

漫畫！我眼睛亮起來。我也要看，管它是什麼漫畫！於是有一天趁爸媽不在家，跟姊姊要了一本來看。

看了第一本之後，就像英文說的，我上鉤了（hooked up）。那時在臺灣的日本漫畫幾乎都是盜版，影印模糊，裝訂粗劣，尤其是用貼紙把日文蓋住影印時，經常擋住旁邊的線條，毫無印刷品質可言。但是很奇怪，翻譯通常還不錯，不會直接抄用日文的漢字。當時是個奇特的時代，盜版可以，內容要查，凡有日本字樣一律不准，所以日本成了A國（我們以前經常開玩笑說是A片

之國），譯者也煞費苦心地給每個角色取中文名字。我就這樣進入了譚寶蓮的世界，跟著她巡迴，看著她演著一齣又一齣戲，每一齣都是一個自成一格的精彩故事。

然後我高中畢業了，譚寶蓮還沒畢業。我大學畢業了，她好不容易高中畢業。我當兵讀完研究所出社會工作，她依舊是二十出頭。於是我忘了她，然後搬到另一個國家……

後來聽說有一天譚寶蓮演出前，觀眾拿著照相機拍她，演完後通通變成拿手機拍。

我家小孩是說中文長大的。以前讀童書給他們聽，現在得找些他們覺得有趣的故事了。於是，我又想起了譚寶蓮。我終於又在YouTube上遇見說著標準國語的譚寶蓮。

「你們乖一點，晚上給你們看卡通。」有一天，我對孩子們說。

「耶！」他們很興奮。從《金銀島》以後，日本卡通簡直是品質保證了。

看完第一集之後，他們吵著明天看第二集。好嘛，為了學中文嘛。其實我自己也想順便看看。

前兩天女兒問我：「為什麼以前的卡通故事都比較精彩呢？」

孩子呀，那代表你有眼光了。

老中醫

　　我從小體弱多病。原本出生時是個「大胖小子」，不料週歲後過敏體質發作，又常常感冒發燒，到了四、五歲以後，竟然成了個黑瘦小竹竿。

　　我還記得很小的時候，有次發了高燒，父親帶我去看醫生。那年頭軍醫院裡好些老「醫生」，當年只受過幾個月「訓練」就出師，按對岸說法，真不靠譜。他一見感冒高燒不退，就令驗血。報告出來，上頭寫著白血球數目增高──這本是感染引起的正常反應，但這位成吉思汗嫡派門生一見大驚失色，跟父親說恐怕是血癌。父親當場嚇得面無人色，抱著我癱在診間旁椅上泫然欲泣。後來經朋友指點，過幾天又到了另一家醫院檢查。此時白血球數目自然恢復正常，父母愁容才解。這種事要是發生在現在，明天上報，後天法院見了。

　　四、五歲時，父親帶我去預售屋工地看未來的家。不料我一個踉蹌跌倒，胸口著地，從此三不五時胸口作痛，生長也受影響。父母著了急，但醫生也看不出所以然。此時母親想起故鄉臺南有位老中醫，以家傳所學給人看跌打損傷頗有效，平日也幫人

看風水。於是母親帶著我，坐了幾小時的火車，到了臺南站，下車往博愛路走去。到了一個典型騎樓門口前，按鈴上樓。二樓門口有個矮擋門，一進去坐在板凳上，滿是藥味。老醫師如何看診的，我已經想不起來。只記得回臺北後，母親煎了幾副藥給我喝，味極苦，又在我胸口貼了些膏藥。母親說我後來就好很多，也不喊胸口疼了。

　　過了十幾年，我到成大讀書。大二時，博愛路改名北門路。我有次人不大舒服，想起老醫師，於是騎著腳踏車去看他。他把我的眼睛撐開，仔仔細細地看了瞳孔，然後打開抽屜，拿出一本非常、非常陳舊，頁面都發黃的小冊，邊翻邊看，琢磨了一會兒，大約是想到大學生住宿舍，也不好煎藥什麼的，開了藥粉給我。我已經想不起來為什麼去看他，藥效如何自然現在也忘了。

　　後來高中同學轉學到成大工學院，我們常混在一起。他人高馬大，個性憨厚，父親是中部某縣議長，因此出手也挺大方，後來結婚時的排場把我這個天龍國土包子嚇得咋舌。

　　有天我同學騎車摔傷，胸口發悶，過了幾天不見好轉，於是我介紹他去看那位老醫師。他騎著那部號稱是「某縣民脂民膏」的偉士牌到北門路找醫師去也。回來之後，他說：「我進去，還沒說話，那個中醫師就開始看我的眼睛，又拿出小冊子查看，然後他說啊……」

　　我點點頭，問道：「說什麼？」

　　「他問我是不是騎車摔到左邊，胸口悶？我聽了嚇一大

跳！」然後同學皺著眉頭說：「他開了幾包藥給我，可是啊，竟然收了我二千塊錢（請注意是二十年前）！接著又問我最近運勢，說他會看風水……」

我一下丈二金剛摸不著腦袋。我上次去，他也就收了大概一、二百吧？還給了我方子，也不曾囉嗦風水什麼的。我沒敢多說，後來也沒問了。

隔天我想及此事，忽然憑空大笑。老醫師既看診又看風水，三教九流閱人無數，大約看出我同學身家怎麼來的，不賺他賺誰的！所以我同學代替其他平凡的病患，送了大紅包給老醫師啊。

後來聽母親說，老醫師將所學傳給媳婦，但媳婦能學的有限，加以現在這種環境，也不允許如此出身的「醫師」看診。看來老醫師的家傳只好成了絕學啊。

難忘的婚宴

　　上一篇〈老中醫〉裡提到的高中同學，從中部北上讀書。他生得高頭大馬，儀表堂堂，個性倒頗為憨厚。後來熟了聊起來，才知道他父親是中部政壇有力人士。他說他父親很嚴格，重考那年告訴他：「如果沒考上建中就不要讀了。」

　　我問：「那如果你考上附中呢？」

　　他很認真地說：「我爸沒聽過附中！」

　　大二時，他轉到本校，我們又當同學了。當時某縣給每位議員配一臺偉士牌。我朋友經常騎著那臺偉士牌來上課，看到我時就說：「我又騎在民脂民膏上頭了。」我聽了哭笑不得。

　　他人很質樸，畢了業我們還保持聯絡。有一天他打電話給我。「我要結婚了。」

　　我很高興：「恭喜啊，帖子給我一張吧。」

　　他說：「當然啊。你可是一定要來呀。」

　　我答道：「一定一定。我坐國光號去，可是你們那裡我從沒去過，下了車怎麼辦呢？」

　　他說：「一上車你就問司機說要到阿清（他父親）家，他就

會告訴你。」然後掛斷了電話。

我當場愣在電話旁——從鎮上車站到你家開車起碼要個二、三十分鐘，又沒公車，要我怎麼去啊。

不知怎麼回事，我也沒多問，過幾天還真坐上國光號出發了。一上車我就問司機：「下車時到阿清家怎麼走？」

司機肅然起敬：「你是阿清的朋友嗎？」

我搖搖頭：「不是，我是他兒子的同學。他要結婚了，請我去吃喜酒。」司機很熱心地說道：「沒問題，到了我會告訴你他家怎麼走。」

上車睡了二、三小時，一睜開眼，差不多要到了。我是個大路痴，這下忐忑不安極了。車門一開，我還沒開口，司機指指車外說：「往前直走就到了。」

我下了車，還搞不清楚狀況，車子就開走了。我心裡想糟了，只好往前走。走沒幾步，就看到一間大屋子，裝飾得喜氣洋洋，心想難道……

一走近，馬上有人來招呼，朋友馬上出來熱情地問好。我這才發現——國光號司機把我載到他家門口放下來！

在朋友家睡了一晚。隔天早上，要準備迎娶，許多人聚在他家客廳。他父親往中央一坐，一群看來很「霸氣」的地方人士（大家應該知道這個形容詞用在「地方人士」是什麼意思吧）就在兩旁坐下，原來不是商量婚禮，而是討論政壇大計。朋友在我耳邊小聲介紹：這是某校長、這是農會某主管、這是水利會某主

任、這是某議員的兄弟之類。

迎娶時間到了，十二輛賓士黑頭車一字排開，司機都是穿著一式西裝，帶著墨鏡的年輕人。朋友西裝筆挺，與伴郎上車，緩緩離去，真是場面浩大。

沒想到浩大的還在後頭。

我到了婚宴場地，一看是個國小操場。棚子搭得整整齊齊，桌椅擺得順順當當。我估計席開超過五百桌，而棚子的區位竟然是按照「鄉鎮」劃分的。我因為是新郎的朋友，給請到親友桌去坐。同桌都是各方「大老」，眨著眼不知道我這小毛頭憑什麼坐這裡。

證婚人可是當時人稱「連副總統都做不好」的那位。他講完話，新郎新娘鞠了躬，同桌的人就一哄而散，到處敬酒去了。我望著滿桌豐盛的菜色，心想照規矩還能包菜尾，今天賺到了。這時忽然覺得哪裡怪怪的……

今天不是星期四嗎？學校應該要上課啊？

所以——為了我同學結婚，普天同慶，學校放假一天？

天龍國來的我已經飽受驚嚇快暈倒了。

喜宴後回到他家，朋友很熱情地謝謝我，我也謝謝他的招待，坐國光號回臺北。這次很客氣，沒叫國光號到他家來接我，而是開車載我到車站。

後來我出國了，就沒再與那位朋友連絡。只有從報上知道他爸爸從地方政壇三號人士升成二號。後來一號跑路了，他爸爸想

競爭一號位置，卻不敢投靠另一邊顏色的家族。

又過了幾年，我開會時遇到一位與朋友同鄉的醫師，一聊起來倍覺親切。我問他知不知道阿清的近況，他很驚訝地望著我說：「阿清跑路去了！」

我一時百感交集。

前一陣子查查朋友近況，發現他選縣議員敗部復活，總算繼承他家的政治香火了。

每當有人說《家和萬事興》劇情太誇張時，我就會告訴他們，裡面演的都是真的，是你們這些天龍國人自己太不懂事。

臺灣傳奇

這是一位師長說的故事。

高雄有幾大家族，有的當市長，有的當立委，但是勢力最盛、在位最久的管議會，號稱高雄第一家。

傳說中該家族發跡之前的祖先是給當地首富當管家。首富家族在臺灣、福建老家都有很多產業。到抗戰末期，日本敗象漸露，該家主人就渡海回老家處理產業，臺灣的事業就全部交給管家管理。

在主人不在的這段時間裡，管家勾結衙門，把主人財產通通轉移到自己名下。主人回來一看財產遭到侵占，自然大怒，準備告官與管家對質。

就在上衙門的前一晚，管家吞金自殺，所有的「合法」文件，通通握在管家的後代手裡，一切死無對證。主人無奈，眼睜睜看著家產落到外人手上。管家的家族從此崛起，成為南臺一霸。

我剛認識那位師長時，他還有空偶爾與我們晚輩吃飯聊天，從他那聽得不少故事。後來他的事業愈來愈大，人也愈來愈忙，後來也就沒太多機會跟晚輩聊天。想來也挺可惜的。

〈銅像城〉

　　我上班的這棟樓，最近大廳加裝了50吋銀幕，大約是要做布告欄之用吧。

　　時代演進，這是必然的趨勢。哈利波特讀的報紙，照片中的人物能動能講話，現在看來，又何須魔法呢？只是電子布告可隨時抹去修改的特性，倒讓我想起當年拆紀念堂「大中至正」匾，各方吵得不可開交的情景。那時有人說起一個故事：

　　袁世凱稱帝時，風風光光，北京城裡也要除舊布新，城門上的「大清門」匾，首當其衝，自是該換成「新華門」。無奈從革命到帝制，國庫給折騰得空虛，一塊大匾，用上好石材，也所費不貲，竟無餘錢可用。這時有人獻計：拆下「大清門」匾，翻過來刻上新華門，裝回去不就成了！主事者心想此計大妙，找工人連夜拆下，翻過來一看，上面已經刻了「大明門」三個大字。於是悄悄裝回去，此事再也不提。

　　當然，這是個笑話，只是為了曉諭痴愚政客與選民，政權總有輪替的時候，所以別折騰，乾脆一黨用一面，輪流翻面就好了。

追尋凡夫俗子的天命

如此又想到張系國先生的科幻名著〈銅像城〉：兩黨相爭慘烈，入主京城後必然拆前朝銅像，立下新主子更高更大的銅像。隨著京城不斷易主，銅像愈來愈高，花費過鉅，便在舊銅像外罩上薄薄的帶著新面孔的「殼」。黨爭又過了許多年，銅像不斷長大，再來連加個新殼也負擔不起了，兩黨遂放棄京城。而銅像的千百層殼互相擠壓，竟使其生出新而恐怖的面容。

紀念堂門匾畢竟拆都拆了。那時還有人建議，也不要「裝」什麼「自由廣場」了，乾脆就裝個電子看板，政客想登什麼字句都行，一勞永逸。所以新版銅像城應該是兩黨爭奪京城的3D投影機——明天趕快發個email給張先生！

但是這個時代的弔詭之處實在是難以想像。只要手指按個按鈕，一切事物都能刪除。可是事物的足跡卻在網上到處流傳，時間久了就變成一個解釋不清的怪物，搞亂大家的思想。如此想來，張先生的銅像城還是最準的預言。

〈銅像城〉出版於1980年。我從來沒想過原來張先生是預言家。也許當今的官老爺們都應該買一本來看看。官爺們啊，〈銅像城〉是收錄在《星雲組曲》一書中，記得別叫可憐的手下到書店問：「銅像城在哪？銅像城在哪？」

流寇

選舉剛結束時，大家亢奮了一陣子，現在又冷下來了。冷得好。

上臺的人只有一個策略：吸收不滿的力量，贏得下一次選戰，以戰養戰。這就是為什麼現在的執政者在政策上反覆無常，因為只要哪邊不滿的力量強，他們就倒向哪邊，尋找下一個攻擊目標。他們沒有治理目標與策略，因為不需要。

這種策略歷史上也有人用過，還成功了，那就是流寇。說某人是流寇毫無輕蔑之意，實際上流寇是種極可怕的力量。

東方有流寇，西方也有流寇。

雖說歷朝歷代，不乏流民造反，但黃巢是將流寇策略與戰法發揚光大、搞垮統一朝代的第一人。黃巢聚眾劫掠，把一個地方破壞光後，農民無法自活，於是跟著他去搶下一個地方。黃巢的部眾因此愈來愈多，飄忽不定，也愈來愈難對付。黃巢並沒有一定的政治目標，這從他可受招降、可入夥他人，又可隨時反叛看出。黃巢大軍南北穿梭唐朝領土，如入無人之境，他勝利了，也使唐朝社會經濟完全崩潰。

西方最有名的流寇，就是三十年戰爭的「名將」阿爾布雷赫特·華倫斯坦（Albrecht wallenstein）。他招募散兵游勇，所到之處燒殺擄掠，士兵都能飽載而歸，因此歐洲的無業遊民紛紛加入他的部隊，兵力日益壯大，當時人稱之為「蝗蟲軍」。神聖羅馬帝國皇帝找他領兵，他一不要後勤，二不要軍餉，皇帝很高興，哪知道他到處「就地補給」，蹂躪德意志地區數十年，軍隊愈打愈多，「盟友」與敵人都望而生畏。

流寇戰法的最大問題在於，一旦把所有地方都搶光，自己一定也跟著完蛋。黃巢搶遍大唐天下州縣，到後來無處可去只好攻進長安當皇帝，撈最後一票。這票撈完部眾瓦解，不久被各地軍閥消滅。

華倫斯坦部隊一路膨脹，終於到了無處可搶、無財可賞的地步，手下士兵大為不滿。於是在皇帝教唆之下，遭到手下刺殺。

當所有的不滿力量都給許了承諾，卻沒有一樣完全兌現，事情就到頭了。下次選舉見真章。

只是，這樣能治理國家嗎？跟著走的人不正是盲人騎瞎馬？

政治狂熱

　　對政治黨派狂熱，是人的本性。從古早舊約時代，《士師記》、《列王記》裡各派抗衡，到羅馬與中國帝制時代，結黨鬥爭，一直到現代各國的政治競爭，各據其理，分邊而鬥，事實上無從避免。到了現在政治上軌道的國家，民意上達交流管道極多，照理說應該很容易形成共識，但大家都知道其實不然。由此可見政治所牽涉的，不僅是可不可行的問題，還有個人的價值觀、偏見，與知識範圍。

　　客觀的事理無法改變主觀的意見，如此造成許多荒謬的情況。例如美墨邊境蓋牆的成本，即使傾全美國之力也無法負擔。這是客觀的事理。但是許多選民堅持要蓋，並且相信蓋好可以跟墨西哥人要錢，這就是主觀的意見。主觀意見不受客觀事理約束，就產生了荒謬。荒謬累積到了一個程度，量變產生質變，奇妙的事就發生了：它們就變成喜劇！君不見美國的深夜脫口秀、喜劇秀，達到前所未見的榮景，廣告源源不絕，製作人笑得合不攏嘴。

　　臺灣第一次政黨輪替前後，政治狂熱達到極點，人人分邊爭

論。朋友相爭、父子失和、同事反目，這種戲碼天天上演，搞得大家疲累但仍不歇。就在這一片瘋狂的氣氛中，報紙上登了一條小新聞。有人上色情網站看A片，看著看著，竟然在留言區為了選舉與人爭論起來，雙方呼朋引伴，占據了留言區，最後讓來看妖精打架、而非政治打架的「真正」會員受不了，上版留言：

「政治豬滾出去！留給我們一個純淨的賞片空間！」

政治把A片變得純淨。我當初看到這新聞簡直笑倒在地上打滾。

有個朋友對政治十分狂熱，三句話不離主權獨立之類的詞，身上穿的T-shirt、手裡拿的杯子，無不印滿了政治口號。有天我聽到兩個人私下調侃他：

「他的頭髮最近變白許多。」

「是呀，孫中山革命十一次才成功，他一次也沒試頭髮就白成這樣，可見這是多麼艱鉅的事業！」

聽了不敢當眾笑出來，害我回家得內傷！

時光隧道

　　今天風和日麗，秋葉斑斕，看著頓覺神清氣爽，因此午餐後就出了大樓，在研究院區散散步。

　　這裡畢竟是全世界生醫研究的重鎮，路上人車雜遝，熙來攘往，好不熱鬧。我嘆了一口氣，正要回去時，忽然看到小丘旁邊的一個路口。每天坐交通車都會經過那裡，卻從不曾走進去過。

　　就走過去看看吧，我想。

　　沒多久，忽然景色一開。綠草如茵，落英繽紛，錯落著幾間屋子，紅磚白窗，廊柱石階，小路上一個行人也無。在外面熱熱鬧鬧的當下，竟有如此靜謐的角落。

　　我踱著步子，偶然看到有位女子從紅磚屋走了出來。我對她揮揮手：「嗨！」

　　她對著我點了點頭。我問道：「我在這工作超過了十年，竟從不知道院區裡有這樣的地方！這些屋子是做什麼用的呢？」

　　她回道：「啊，很久以前這裡是研究人員的宿舍，後來研究院決定把它們改裝成辦公室。」

　　「原來如此，謝謝妳啦。」

我踩向草地，繼續走著。四周還是一樣地安靜。我想像著很久以前，當研究還是為了科學的時代，會有三五好友，晚餐之後，在這兒一面散步，一面聊著研究上的事情。也許有時他們會因為想到好主意而歡呼起來，也許有時候會為了不同的看法而爭辯。每個人的思緒，隨著歲月流過，漸漸清晰起來。

　　就在這安靜的地方，那是多麼讓人心馳神往。

　　我慢慢朝實驗室的大樓走回去，彷彿穿過時光隧道，回到二十一世紀。一下子，四周回到了快轉的動作，而我也應付一一而來的事情，忙著回email、接電話、填表格、清點東西。這些都是為了寫論文、申請經費、訓練博士後研究員、參加會議等等。現代的「研究產業」還剩多少時間與空間讓人靜靜思考科學呀。

　　然而，我無法穿越時光，回到過去那靜謐的角落。又嘆了一口氣，繼續為產出「科學」而努力。

閱歷與了解

　　每個人年輕時，幾乎都是改革派。等到年紀大了，常常變成保守派。其中的轉折，自然是與經年累積的閱歷，以及對人心的了解有關。坦白說，有了年紀之後，還自詡派別立場，堅定以驕人者，不是有既得利益，就是個草包。

　　閱歷與了解是怎麼回事呢？簡單說來，第一事情見多了，第二看清沒變的事更多。人的本性，無論面對多麼複雜的問題，總是習慣要簡單的答案。而且要簡單到白痴的程度，大多數人才會高興。結果就是一直重複錯誤，不停繞圈子，而且一繞幾百年。

　　美國南北戰爭一開始，北方聯邦總司令文飛・史考特（Winfield Scott）將軍擬定了擊敗南方的大戰略。首先，以強大海軍封鎖南方海岸，截斷南方最大宗經濟來源——棉花出口。第二，以八萬兵力，奪取密西西比河沿岸地區，再以河為交通線，運送優勢兵力從後方攻擊南方邦聯。第三，控制密西西比河之後，奪取紐奧良附近要塞，將南方邦聯一斬為二。此後這兩半各自殘餘兵力無法與北方匹敵，將任由宰割。

　　這個戰略頗似蟒蛇纏繞獵物，將之勒昏再最後一擊，因此以

「蟒蛇計畫」聞名。由於是迂迴戰略，無法立竿見影，但也是穩紮穩打。可是戰爭初起時，北方民氣洶洶，大家都要求一戰而下里奇蒙（南方首都）。林肯總統並不是軍事專家，與民眾一樣樂觀，匆促在馬里蘭州波多馬克河北岸組成大軍，即是戰史上的波多馬克軍團，下令攻入河南岸的維吉尼亞州。

北方軍力遠超過南方，因此大家都以為事情很簡單，優勢兵力三月亡南。沒想到南方人有民兵傳統，青年男子個個都是訓練有素的士兵，組成北維吉尼亞軍團，最終在能征慣戰的羅伯‧李（Robert Lee）將軍的領導下，以寡敵眾，一舉擊潰北方的波多馬克軍團。

北方大起恐慌，但是這不是證明了「蟒蛇計畫」較為可行嗎？並不。「民氣」、「輿論」責怪總統無能、將帥無用，要求派出更多兵力，指日而下敵都。林肯總統在政治壓力之下，撤換文飛‧史考特，換上形象清新、眾望所歸的少壯派將領喬治‧麥克萊倫（George Mcclellan）為總司令。

麥克萊倫話說得漂亮，打起仗來卻是無膽量、無頭緒，只知一味徵集優勢兵力，最終被李將軍玩弄於股掌而去職。北方此後不斷換統帥，堅持一樣的「直截了當」戰略，而李將軍運用維吉尼亞州地形與南方騎兵的優勢，再次大敗北方。結果北方一再損兵折將，平白犧牲無數性命。

戰爭一直僵持著，直到北方尤利西斯‧格蘭特（Ulysses Grant）將軍從田納西州密西西比直下，攻取沿岸根據地，使北

方優勢兵力得以從後方攻擊南方邦聯，戰事才有轉機。這一階段，以格蘭特攻下紐奧良附近、密西西比出海口的要塞維克斯堡告終。南方邦聯被切成兩半，從此無能為力。這不就是「蟒蛇計畫」原先的目標嗎？前面三年波多馬克軍團的陣亡將士豈不都白死了嗎？

在格蘭特攻下田納西銅立城要塞後，林肯立即了解自己的戰略錯誤，力排眾議，轉而支持格蘭特的密西西比河攻略——其實也就是恢復蟒蛇計畫，間接承認老成持重的史考特將軍之貢獻。

改革人人會喊，喊來個個都爽，但是要怎樣了解答案是不是簡單到不像是真的，還真是要有些閱歷與了解。不改不行，先改再說恐怕問題更多。當今之世，菁英們想要改革的光環，卻不敢承擔改革的後果，於是把腦子與責任都外包給網路鄉民。許信良的名言是「群眾只有十三歲」，對照當今鄉民治國的盛況，改革的前景，大約就像〈前出師表〉最後兩句「臨表涕泣，不知所云」了。這一繞圈子，又要繞多久呢？

〈新陋室銘〉

　　最近我的學生買房，房價再度把我嚇得咋舌，於是翻出兩年前看房子時，有感而發抄襲劉禹錫的作品，回味一番。

　　〈新陋室銘〉

　　房不在高，學區要行；地不在闊，交通要靈。斯是陋室，數十萬金。苔痕上階綠，管理費不輕。談笑有經紀，往來無窮丁。可以調頭寸，置前金。無家產可恃耳，唯貸款之勞形。紐約地更促，灣區價更驚。賣主云：「何陋之有？」

CHAPTER 4

談古論今

寓言

人類學家賈德・戴蒙（Jared Diamond）1997年出版了《槍砲、病菌與鋼鐵》（*Guns, Germs and Steel*）一書，解釋各地人類文明差異的來源。此書一出，洛陽紙貴，廣受各方引用，可說是改變了大家對文明「優越」與「落後」的比較觀念。

戴蒙在2005年時出版了《大崩壞》（*Collapse*）一書，討論歷史上某些文明社會滅亡的原因。當然，探討人類破壞自然生態，導致生產基礎毀滅，造成整個社會崩潰，是書中的主題之一。這時候美國否認氣候變遷以及反對環境保護的保守派勢力已經十分強大，這本書就沒有像《槍砲、病菌與鋼鐵》那麼轟動。這並不是說此書遭到打壓，而是說很多人根本不想聽到生態崩潰，乃至於人類文明危機的任何警告。

有趣的是，《大崩壞》一書中，自然生態遭受破壞，還不是文明崩潰的主因。最主要的原因是有意無意忽視、漠視警訊。

這其中有各種原因。在沒有文字的社會裡，一切歷史只能依靠人類的記憶傳承下來，很多重要的紀錄會慢慢消失。例如復活節島的人，把島上最後一棵樹砍掉後，再也無法造船，遂與外界

隔絕，無法獲得維繫島上社會的必要工具。因此曾經造出大石像的民族，最後退化為原始狀態，直到西方勢力重新發現並以奴役與疾病毀滅他們。砍光所有的樹聽來很蠢，但如果你從小看到的樹就那麼少，也沒人告訴你以前樹很多，自然不會警覺樹變少的危機。

另一個原因則是競爭。如果資源有限，大家都搶，你不搶，沒飯吃就是眼前的事，至於是不是以後大家一起完蛋，就以後再說吧。中東肥沃月灣是農耕文明的發源地，但過度耕作與放牧，造成土壤貧瘠流失，甚至後來沙漠化，都是造成文明不斷起落的因素。當時的人也許有看到警訊，但是也只好刻意忽視。有人認為水土保持不良，先是導致洪水頻仍，接下來耕地流失，可能是當地閃族文化大洪水毀滅世界傳說的由來。

還有一個忽視警訊的原因，戴蒙沒有明說，而義大利一位研究資源耗竭的化工教授烏戈‧巴拉迪（Ugo Bardi），極會說故事，倒是寫了個寓言說出來：

羅馬帝國滅亡的根源，不在於第四世紀的蠻族入侵，而是從鼎盛期的五賢帝時代就開始了。當時帝國不斷擴張，軍隊與官僚系統日益膨脹，侵蝕稅基。一旦擴張停止，沒有戰利品來源，稅負增加、人口萎縮、兵源缺乏，蠻族蠢蠢欲動，帝國就會立即面臨惡性循環。

巴拉迪想像在遙遠的英格蘭島上，有個督伊德教（羅馬征服前，歐陸土著凱爾特人〔Celts〕的原始宗教，崇拜自然力量）的

殘存祭司，不斷觀察、思考帝國的種種徵兆，看出警訊，決定到羅馬警告皇帝——馬可·奧理略（Marcus Aurelius，五賢帝最後一位，就任前為著名斯多葛派學者，人稱「哲學家皇帝」，就是電影《神鬼戰士》〔Gladiator〕裡為親子所弒的老皇帝）。

祭司千里迢迢到了羅馬，向皇帝稟告一切徵兆。奧理略靜靜聽完，問他說：「那麼，老先生，你說該怎麼辦呢？」

祭司掏心掏肺地說：「應該停止擴張，縮小政府、地方自治、解散軍隊，編為屯田民兵，負責邊境防衛。陛下不用插手地方政務，負責教化人民即可。」

奧理略心想，照你這麼做，我這皇帝不用當了，軍團、官僚都失業了。不這麼做，帝國危機日益加深。真這麼做了，不用等到帝國傾覆，內戰就先開打了。

他扳起面孔：「你這老糊塗，妖言惑眾，動搖人心，原本罪無可赦，應該絞死。但念你一片誠心，送你回英格蘭，終身不准踏進羅馬一步。」隨即命令百夫長：「護送老祭司回鄉，在家禁錮終身！」

追尋凡夫俗子的天命

歷史長期合理性

　　錢穆先生在《國史大綱》序言裡開宗明義地說：「治國史當以一種溫情為之。」這句話常遭誤解，論者以為全書只是為中國歷代專制辯護。其實正好相反。以現在的話來說，錢先生是要找出歷代制度與決策的系統驅動因素。要做到這一點，必須「設身處地」地把自己放到當時的環境去看，分析擁有的資源與限制。錢先生因此對僵化的「歷史公式」，尤其當時流行將是馬克思的社會發展階段論硬套在中國史上，深惡痛絕。像這樣等於是判定中國史已死，非要泡在福馬林裡放上檯子照教科書解剖不可，哪能得到活生生的診斷，並據以治療國家民族之病呢？錢先生的「溫情」不是理盲濫情，而是用關心的態度分析，找出合理的原因。這與日後黃仁宇先生的「歷史長期合理性」相互呼應。

　　有了這個觀念，再來讀《國史大綱》，便會明瞭錢先生的微言大義。首先，每個國家都應當視為一個獨特的系統，擁有不同的驅動因素與資源條件。依據歐美歷史而衍生的社會發展理論，也就不能推廣到中國史。研究中國史，就要專注於尋找真正的驅動因素。第二，中國歷史演進的大方向是皇權壓制世家大族，直

接控制小自耕農，並從廣大農民中選拔出職業官僚，對抗世家大族。中層貴族的逐漸消失，職業官僚的興起，就是錢先生說的「政權之無限制解放」。職業官僚同時代表皇帝與農民的利益，形成「合」的觀念與「綱常」的信仰，由此形成皇權、士人政府與小自耕農的三層結構，這是基於歷史上的需要（日後黃仁宇先生解釋了這一點），也塑造了中國民間社會的傳統性格。第三，中國歷史的演進，受到農耕地消長與自然環境改變的影響極大。

錢先生把中國史當成一整個有機體來看，不僅要找出演進的原因，還要為這些原因找到合理的解釋。這不就是日後黃仁宇先生主張的「歷史長期合理性」嗎？或許是冥冥中的巧合，錢先生在昆明閉門奮筆寫作《國史大綱》時，黃仁宇先生正在雲南邊境與緬北——除了與日軍作戰之外，更與不符合時代潮流的的社會體系奮戰。

黃仁宇先生有個思想的源頭，是多數讀者少察的：動員。他在抗戰時任國軍下級軍官，帶兵打仗，對無後勤可言的困境，刻骨銘心。當時中國的環境與明朝相去不遠，軍餉有等於無，除此外毫無支援。部隊所需都須帶兵官自籌，而向民間徵集物資等於強搶。而民間的狀況是「在內地從一個縣的東端行軍到一個縣的西端，幾乎看不見一條公路、一輛腳踏車、一具民用電話……所觸眼的盡是『王氏宗祠』、『李氏家祠』，以及『松柏惟貞』的節婦牌坊。」抗戰勝利後，他赴美國陸軍指揮與參謀學院進修，學得正是後勤與動員。他對美軍的後勤人事管理方式非常印象深

刻，說它的特點就是把所有人設想為液體，如石油等。所謂「油管制」（pipeline）就是把有關兵員的各種站處，如入伍營、區分站、基本訓練處、出國港口以及國外戰場上的補充兵站等連鎖地組成一條大「油管」，兵員沿著它自動向前供應。前方部隊需要補充時只要掀開油管，則訓練合格人員就如數到場。黃先生看到現代國家能運用理性化體制力量成功動員，打贏戰爭。相反，前現代的國家普遍貧窮，國家財政稅收不足，只能閉關維持；一旦落入國際關係中便弱點通通暴露，毫無競爭力。在國防戰爭中被動挨打。

正因為黃先生看重國家行動力，他對現代性的強調就和許多中國學者不同。中國現代的贏弱必須從傳統政治文化中找原因。在研究明朝政府財政的「統計」工作時，他發現這其實只是「行政算術」，是儒家的禮制規矩在先，然後官員們編造各種數據填寫進去；所以它雖然看上去很美，合乎天理，但是根本無法計算，從而也就無法管理。現代化體制也是算術，但是不是演繹的，而是歸納的，是自然算術，是消費者導向經濟的商業化「數目字管理」。

用黃先生自己的話說：「美國是一個高度現代化的國家，當中各種因素都能相互交換，互相替代，所以動員起來，可以全部籌謀共同支配。缺乏這樣的系統配套機制，中國軍隊即便獲得一些現代武器的外援也根本無法有效使用。於是中國領導人只能靠統治者和屬下的個人交情，湊合做事，其效率只能用中世紀一詞

來描述。」

這是黃先生切身的體驗。他的問題便是，這個中世紀體制是怎麼形成的？在過去它有什麼長處？後來又有什麼短處？在未來它要如何轉變？當他研究明朝的財政稅收時，逐漸發現：中國歷史上的稅收與動員，依靠的不是詳實的資訊，而是依照土地丈量所給出的估計，再以由上至下的壓力責成目標，因此政府的任務至為單純：維持農村穩定，使其能徵收足夠的稅收與人力，而不言及公共服務。如此一來，全國上下必須有一致的意識形態，相信同一的「自然秩序」。這個「天朝體系」統治的技術成本極低，卻能在短時間內大量動員，解決河患或是抵抗遊牧民族入侵。然而，它仰賴對廣土眾民區域的壟斷，而且每次動員時間不能太長。一旦競爭對手也能持續動員，「天朝體系」就無法持續下去。這正是宋朝以來的困境。

錢黃二位先生的研究方法，與一般社會科學單點突破的考證完全不同，反而接近複雜系統的研究：先定義系統，尋找可能的驅動因子，再演繹系統演變的方向，並與歷史上的事實印證。

用錢先生自己在《中國歷史研究法》裡的話說：「近人治學，都知注重材料與方法。但做學問，應知該先有一番意義，意義不同，則所採用之材料與其應用方法，亦隨之不同。即如歷史，材料無窮，若使治史者沒有先決定一番意義，專一注重在方法上，專用一套方法來駕馭此無窮之材料，將使歷史研究漫無止境，而亦更無意義可言。」

追尋凡夫俗子的天命

這是自然科學研究中的模型建構法，其目的在於找出決定系統演變的因素，而不在於計較一時一地一人的精確得失。對複雜系統稍有概念的人，也都知道，鑑定出驅動因子絕不代表「歷史決定論」；在關鍵之時，一個決定也會對系統演變產生深遠影響。這種方法是傳統史學界所不熟悉、甚至誤解的，以至於兩位先生多年來遭受許多批評。然而，最近幾年，生態學出身的約瑟夫‧田特（Joseph Tainter）、彼得‧圖爾金（Peter Turchin）與賈德‧戴蒙，都用類似的方法分析人類文明演化的動力，別出新意，發人深省。錢黃二位先生若還在世，必然欣喜於科學與史學的匯合，印證了自己的觀念。

從數目字上管理

　　黃仁宇先生的「從數目字上管理」一詞，引起眾多誤解。其實黃仁宇先生在其《資本主義與廿一世紀》一書中已詳細解釋。只是這本書內容太厚、範圍太廣，一般輕薄文人無從讀起，所有對黃先生的批評竟都集中於《萬曆十五年》與《中國大歷史》二本入門書上。可嘆復可笑。

　　當過兵的人要了解「從數目字上管理」的意義，應是容易的多。當兵時高裝檢（高級裝備檢查），都是虛應故事。車子無法發動時，只能趕緊從民間賒欠借調零件讓它可以暫時發動。鑷子每年除銹上漆，最後薄得像張紙，根本不能用。可是只要裝檢官看過去過關了，管它能不能用，反正明年退伍了。

　　長官們不是不知道這些弊病，但高層長官有他們的目標，中層長官有他們的壓力，基層官兵有他們的對策，大家只能互相哄騙，一年熬一年。這就是無法「從數目字上管理」。

　　那什麼才是能「從數目字上管理」？資訊能公開流通互相核對，資源能公平交換，適用規則對多數人有利因此願遵守，這才是「從數目字上管理」的真義。部隊的問題在於以不足的資源支

撐一個以嚇唬為目的的龐大體系，因此資訊不能公開流通，資源不得公平交換，規則只能模糊，因此造成了許多上下其手的空間。這是果而非因。

從黃仁宇先生的經歷看來，先是抗戰時期在談不上後勤支援的國軍部隊，當下級軍官帶兵，然後到美國參謀大學進修後勤與動員。前者是中世紀的做法，後者是現代化的組織，文化衝擊必定是難以想像（臺灣說法：人家已經上太空，我們還在殺豬公）。接著在美國求學時期打工度日，嘗盡世態炎涼，卻也深切觀察了美國社會的運作方式。接著在美國教書，又嘗到了一切以量化指標為準的苦頭。這一切常人無法挺過的經歷，卻讓黃仁宇先生了解到資本主義的真正原則，終成一家之論。

托瑪・皮凱提（Thomas Piketty）寫了本《二十一世紀資本論》（*Le Capital au XXle siècle*），論者以為切中時弊。其實，當代的經濟發展恰恰是偏離了「從數目字上管理」的原則，而導致弊病。此時黃仁宇先生的書實在是振聾發聵。只是在淺薄庸俗的風氣下，誰有耐心把《資本主義與廿一世紀》好好讀一遍呢？

Ray Huang

10 Bonticouview
New Paltz, NY 12561

1997 年聽完演講後，向黃仁宇先生索取的名片。由此可以看出黃先生是個很瀟灑的人啊。

追尋凡夫俗子的天命

社會演化的挖礦模型

　　經濟史上最大的謎團之一是：為何燃料推動的機械沒能在古代就發明出來。

　　乍看之下，這不是個問題，古代沒有這種知識與技術嘛。其實不然。古希臘的科學發展遠遠勝過中世紀，甚至超過十六世紀的歐洲人。西元前三世紀阿基米德的數學與物理研究，與十八世紀的牛頓相比不遑多讓。西元一世紀，亞歷山卓城的希羅就發明了蒸汽推動的轉球、自動販賣機、管風琴、抽水機等等。羅馬人的科技也相當發達，發明各種工程技術，甚至比十八世紀的歐洲還先進。湯姆士・紐考門（Thomas Newcomen）於十七世紀發明的蒸汽抽水機結構非常簡單，很難想像希臘人或羅馬人想不出來或做不出來。

　　長年以來，許多專家思考這個問題，提出各式各樣的理論，從文化特質、政治因素，一直到人種、氣候、地理等，不一而足。一直到了近三十年，一群由生態學家出身的社會研究學者從演化論出發，逐漸理出頭緒，不但解答了這個問題，而且將之推廣為人類文明演化的一般規則。

演化不僅僅是遺傳多樣性與天擇的結果，更與生態學原則息息相關：

(1) 任何成長組織仰賴特定資源生存，因此演化出能利用該資源的特定結構。

(2) 生物的競爭力在於輸出功率比「周遭」他人高，而不是效率更好。換句話說，只要在必要時比旁邊的人跑得更快或是找到更多食物就能生存。

(3) 新資源可為舊結構使用時，才能引入利用。當引入後，組織才能演化為利用新資源的新結構。

這些原則形成了複雜組織發展的「挖礦模型」。簡單來說，一個藏量豐富的資源剛被找到時，用簡單、低廉的技術就能採取。隨著更多人來採取，藏量下降，這種資源愈來愈難挖掘，必須發展複雜的技術與組織才能開採出來，而開採成本也增加。當投資在開採技術的成本愈來愈高時，投資規模愈大，所有的收益都來自這個資源，再也沒有餘力尋找新資源或開發完全不同的新技術，組織完全綁在現有資源及技術上──我稱這為鎖定效應（lock-in effect）。當採取資源獲得的收益無法支應開採成本時，組織就會突然崩潰。

回到動力機械的問題。希臘羅馬的社會組織功能，是執行戰爭，以獲取奴隸為人力資源。當可想像，在農業初起，人口逐漸增加的時代，一個發展蒸汽機以取代人力的城邦，必然不敵一個擁有眾多戰士與奴隸的城邦。換句話說，積極人力動員能發出的

力量遠遠超過簡單蒸汽機的功率。只要農田與奴隸供應充足，蒸汽機必然無法發展。城邦因此被「鎖定」在奴隸經濟的狀態。

那麼組織如何能轉換到使用新資源呢？以美國為例，十九世紀時的能源主要是煤炭。但煤炭不適合用來照明，夜間大多使用鯨魚油製成的蠟燭。當鯨魚捕獲量降低時，有人發現石油提煉出的煤油很適合照明。美國本土盛產石油，價格低廉，家家戶戶因此改用煤油燈，石油開始成為大生意。等到油管網路成形，石油能以低價供應全國時，歐洲發明的內燃機就成為廉價的動力來源，大家就會發明內燃機的新功能。此時煤炭的能源效率與運送成本就都不如石油了。石油也就取代煤炭，一躍而成為主要能源。

那麼現代社會的資源是什麼呢？又回到人力——但這回是人力中的腦力。

工業時代第一個挖掘人力資源的發明就是生產線。當時只要會識字、聽指令的人就可以去工廠工作，工廠的目的是找到更多工人增加生產規模。因此小學畢業就可工作，然後結婚、生子，使生育年齡低而生育率高。

隨著生產線的使用擴展，各國競相開發人力資源（義務教育、公共衛生、營養供應、城鄉之間道路建設）。此時有新產業開始「開採」知識附加的人力，僱用較高學歷者，產品設計與銷售更複雜。人們上學的年數增加，結婚往後延遲，生育率開始下降。

當愈來愈多國家工業化，產業從挖掘人力到開發腦力，人們上學時間愈來愈長，結婚時間愈來愈晚，小孩愈生愈少。到了後工業化時代，產業挖掘人力資源已經不只在正規教育，更進一步要求終身學習，使結婚年齡愈來愈晚甚至不婚。時間之外，考慮到在小孩身上也得投入這些教育成本，使許多人認為收入無法因應「未來」的開支，因此選擇不生。（許多人認為現代人的收入足以養活幾個小孩，不生很奇怪，但重點是對未來的預期。）

　　如此會產生一個非常奇怪的效應：產業挖掘人力資源的後果是消滅未來的顧客，降低整個市場的未來消費需求。因此到了某個臨界點上，整個系統可能會一夕之間崩潰。實際上，人口學可能是2008年金融危機的遠因。

　　提高生育率的最佳方法，是開發可僱用低學歷者的產業——亦即，人不用在學校待那麼久就可以有穩定的工作（相信我，人的天性是想要結婚生小孩的）。但這並不是說我們要回頭去開發低技術產業。相反的，要改變教育的方式使其更有效率，同時研發出可以用全然不同方式運用人力的產業。當我們看到各階層年輕人熟悉地使用某種新科技、開發出新功能時，就是看到不可忽視的轉機。

　　臺灣長期以來，經濟都鎖定在利用廉價人力或教育的代工模式，壓抑了其他資源的開發。現在的擴大公共建設方案，即使能完成，也只是加強了現行代工經濟所需的基礎建設。我們該問的是：在現行的基礎建設下，能引進什麼新資源？

卡特與雷根

　　美國共和黨人──或是大多數的「保守派」人士──極為崇拜雷根之事蹟：擴充軍備、壓垮蘇聯、降低油價，恢復美國的超強地位與國民信心。在某些人看來，他在美國歷史上的地位，甚至超過林肯，僅次於華盛頓。雷根的偉大形象，得益於前任總統卡特的「無能」甚多。在卡特任內，通貨膨脹而經濟停滯，這種「脹滯」現象使民眾叫苦連天而經濟學家大惑不解。對外則挫折不斷，將卸任時伊朗挾持大使館人質，救援失敗，損兵折將，美國人視之為國恥。

　　卡特在美國人心目中是個失敗的總統，在臺灣人心中也好不到哪去：他是那個拋棄臺灣、跟中國建交的美國總統。大多數臺灣人對雷根印象相當正面，我自然也這麼想。

　　我到美國的研究機構工作後，有許多機會與長我一輩的科學家聊聊。在雷根當政的時期，他們大多數已經開始研究員的工作生涯。跟他們聊到對以前美國總統的評價之後，我大吃一驚。在他們心目中，美國九〇年代的榮景，是在卡特任內奠定的基礎；而雷根的短視近利，是造成二十一世紀金融危機的遠因。

原來卡特從政前，是海軍核子潛艇上的工程師，因此他非常重視科技發展與能源問題。七〇年代以來的石油危機，重創美國經濟，他受到很大的刺激，決心使美國擺脫對外國能源的依賴。他提高環保法規，要求全面提高能源效率。美國車廠被迫要開發更省油的引擎，從此開始趕上日本車的品質。許多製造業也採用節省能源的措施，如此種種都為日後的產業升級打下基礎。卡特非常鼓勵替代能源科技的發展，甚至在白宮屋頂裝上了太陽能板。

　　雷根一上臺後完全推翻卡特的政策。他鼓勵「消費金融」與「供給面經濟學」——說穿了就是舉債消費。另一方面放棄卡特的環保與能源方案，削減基礎建設與教育研究，全面擴充軍備。此時適逢油價回跌，全國像是上了癮，拚命消費，經濟看似繁榮，卻完全錯過產業升級的契機。

　　這些科學家甚至認為，如果卡特的政策能夠延續下來，到今天美國可能已經實現能源自給自足，電動車的發展能提早十幾年，非石化燃料的新產業可重振美國的製造業。另一方面，他們顯然也有自己的立場，認為雷根削減科研經費以貼補國防經費是極短視的。

　　當然，經濟發展是個複雜的過程，其結果不能全歸功（罪）單方面的政策。只是幾十年的經驗看來，想阻止社會先進部門發展以遷就落後部門，只是使整個國家倒退。美國保守派欣喜於完全執政之餘，最好先看看別的國家在做什麼。中國以前也有新政權強制社會全面遷就落後產業的時代——那已經是明朝的事了。

北與南

　　人類的歷史在自然界非常短促。在這麼短的時間內，行為模式甚至周遭大環境並沒有太大的改變。古能鑑今，正是因為相似的環境下，我們總是有相似的反應。堺屋太一所著《如果現在是歷史》比較古今，就是典型的例子。

　　我今天就來聊聊南北朝之際的北與南。

　　西晉是個很特別的「統一」王朝，因為它的統一完全是個空殼子。東漢以來的趨勢是氣候變遷、農業萎縮、土地兼併，由此產生各地門閥豪強自立，中央日漸空虛。董卓進京後，中央連虛名也不可得，各地豪強各自支持軍閥劃分利益範圍，由此開啟三國時代。

　　曹魏父子二代，雖然才華絕倫，但究其實並無門閥的根基與實力，因此遭到大門閥司馬氏一步步篡奪。晉代魏可說是幾個大門閥掌握軍權之後，驅逐了原先拱上位的軍閥家族。當時農業重心仍在北方（例如曹魏屯田），南方小門閥實力不足，愈發分裂，最後遭到北方門閥收編，中國遂再次統一。

　　但是這個統一充其量只是門閥與軍閥勢力平衡下的合作，整

個中國還是延續東漢以來的趨勢，往分崩離析的方向進行，整個體系非常脆弱。此時農業與人口繼續萎縮，促使各大勢力爭奪中央政府，以控制稅收，最終引起八王之亂。內部的混亂引來外敵；塞外的少數民族早在東漢時便逐步內遷而成為農牧混合的族群，同樣也覬覦關內的土地，更何況各軍閥積極召來他們，引為外援。當各地方勢力鬥爭到一齊衰退，遏止不了少數民族入侵，情況一發不可收拾，成了五胡亂華。接下來是各民族與軍閥之間的大混戰，竟持續了一百多年。這其中的模式是：只要各軍閥能繼續從邊陲地區召募兵源，中原的爭奪戰就不會停止。

　　拓跋氏從曹魏時就在北方活動，但部落分散，專注於內部統合，而不隨五胡入關。他們在內蒙、山西北部，以盛樂城為中心，建立農業基地，並開發出隋唐均田制的雛形。均田制成形後，兵源、糧源才能穩定。他們並不急吼吼地投入兵糧爭奪中原良田，而是逐步兼併周圍部落，擴大均田制的領域，增加兵源糧源，終於使拓跋氏無敵。到了東晉末期，北方各個勢力鬥爭多年，都已耗盡邊陲資源。拓跋氏面對中原真空狀態，一舉併吞殘餘部落，建立北魏。在孝文帝元宏遷都洛陽之前，拓跋氏的大後方基地一直不受中原爭戰干擾，其兵源糧源結構穩定，所以能一統中原，打下一百五十年政權的基礎。

　　中國歷史上的分裂與統一過程，都是圍著兩件事打轉：農業與動員。

　　從東漢末年開始分裂，到拓跋氏統一中原，可說是「刮骨長

新肉」，也因此黃仁宇先生說拓跋氏的均田制是在「試管中人工培養出來的」。這個過程，後來又從清末到中共建政重複一次。只不過，這一次卻因為強大的外敵入侵，而加速了整個過程，整個中國也付出了慘重的代價。

東漢的崩潰主要是內部農業的因素。清朝的崩潰則有內有外：在內人口過剩，在外列強壓榨。當中央政府無從保護地方免於各種威脅，還要求地方繼續上繳稅賦，地方只能自求生路，清朝垮臺與軍閥割據遂不可免。

民國成立時，各地已經為大小軍閥所控制。當時督軍要替師長籌餉，師長要替團長籌餉，團長要替營長籌餉。沒槍沒餉，部隊立即拉走投靠別人。諷刺的是，當時中華民國中央政府能存在，是因為世界列強要它負責收關稅，好償還各種賠款。既然大小軍閥的兵源餉源都是自籌，中央政府自然只是個空殼。

但由於中央政府掌握關稅，又有法律地位與各國交涉、借款（這是最重要的），因此各大軍閥還是要爭奪中華民國總統之位。當時軍閥大戰之前都要通電召告全國，內容跟東漢與三國前期，諸侯檄文總要拿漢朝皇帝當名義的調調，也相差無幾。

後來國民黨培養出自己的嫡系部隊，聯合南方軍閥與北方奉軍、西北軍北伐成功，基本上仍然只是為了掌握蘇、浙、皖三省地盤，北方則交給「盟友」張學良主導。這三省經濟發達，又有工商業中心上海，再加上可支配的關稅餘款，終於有了較穩定的預算與像點樣子的中央政府。

但是出了這三省，各地軍閥仍然是自謀生路，如此更想要爭奪這個像點樣子的中央政府，於是有了中原大戰——這是民國版的八王之亂。其結局也是招致外敵入侵。

但是日本帝國的實力遠遠超過五胡，而且目標不只是領地徵稅而已。即使是軍閥也知道這是生死存亡之事，不合作不行了。西北軍宋哲元看不清局勢，以為讓出一些地盤給日本人，就能保存實力，結果遭部下張自忠等人唾棄，拉著部隊投靠中央。韓復榘直接脫離戰場，另謀地盤，被蔣介石逮捕槍斃，其部並無異議。這也表明這些部隊其實不受國民政府管轄。以後張自忠在前線，戰至最後一兵一卒自殺殉國，成為二次大戰中陣亡的唯一集團軍總司令，部分也是因為以受宋哲元牽連為恥。閻錫山在抗戰初期自以為能頂住日軍，堅拒中央軍入山西支援，這當然是怕被中央吃掉。但是當日軍入侵晉北之後，他也不得不向蔣介石求援。

以俄國人的用語來說，中國戰場是人肉磨坊，先後輾掉了東北軍、西北軍與山東、山西等軍閥。蔣介石則是一開始就在上海戰場投入自己的最精銳德式裝備部隊，可說是把棺材本都消耗掉了。國民政府邊打邊退，退到重慶。但是丟失了蘇、浙、皖三省地盤，沒有了穩定的預算來源。戶籍制度來不及建立（在別人的地盤，連派官都派不到，要怎麼建立戶籍？），以後徵兵籌餉只能無所不用其極，而為人所詬病。幾乎所有的軍隊都成了用一次就得「重建」的「可拋式」物件。

但是這個磨坊也輾大日本帝國的部隊。經過四年之後，「皇

軍」進無法摧毀國民政府，退則分崩離析，甚至可能連滿州、臺灣、朝鮮也保不住，回到明治維新以前的狀態（後來也是如此）。於是只能滯留原處任其消耗。

在中原大地各方勢力逐漸耗竭之際，正是拓跋魏的策略可用之時。說來是歷史的命定與巧合，抗戰時日本從東北與內蒙往華北入侵，到了關陝一代力竭而止。五胡入侵中原也是走同樣路線（但還有青海與甘肅一面），而置代地（山西、陝西北部）於外。陝北遂成中共進行土改體制的培養基地。以暴力手段清除舊勢力，再分配土地給農民，以此建立嚴密的戶籍制度，因而有穩定的兵源與餉源。這幾乎是拓跋氏的重生，法文所謂的déjà vu。

或問：當時的軍閥為何不採取相同策略？這個問題也可以拿來問當時其他的鮮卑、匈奴等五胡：為什麼你們不學拓跋氏呢？

天下不可能只有一個聰明人。相較於德川家康，織田信長與豐臣秀吉比較笨嗎？

原因在於，當組織面對強烈的競爭時，它必須採取快速擴張的策略因應。而當資源有限，但競爭者少時，就可能做長期規劃以求穩定結構。這相當於生態學第一課：r策略 vs. K策略。

黃仁宇先生說：「如果要國民黨來做共產黨的事（土地改革），就要有人來做國民黨的事（領導抗戰）。不然大家一起完蛋。」歷史邏輯就是這麼簡單明瞭。

日本帝國終於在進退兩難之下，發動珍珠港事變與占領東南亞，侵犯了英美的根本利益。至此大局明朗，日本帝國無條件投

降只是遲早之事（但最後仍戰略判斷錯誤，多吃二顆原子彈）。

　　但是戰後的局面與東晉淝水之戰後的局面非常類似。各方勢力都想趁真空狀態出來接收地盤，但每一邊的勢力，都是多年殘酷戰爭消耗之後臨時湊出來的「可拋式」軍隊。唯有拓跋氏有完整的後方基地與源源不絕的兵力與後勤，於是統一北方。劉裕百戰所規復的故土，完全吐回去。從此南朝國防線一路後撤。到了陳朝，國境北至長江，西至三峽，長江上游的江陵還有個北朝的傀儡政權，完全失去防守能力。

　　民國三十四年後，國民政府的境遇比之南朝，要淒慘得多。原有以關稅結餘為基礎的預算無法恢復，接收的地盤經八年大戰，人口逃散，連抓丁也抓不了多少，以至於輸一場戰役，就少一支部隊，愈打愈少。共軍則是贏一場戰役，就增加糧源兵源，愈打愈多。徐蚌會戰後，國軍——包括所謂中央與雜牌軍全面敗退，過了長江仍不停歇，直到臺灣。這種潰散速度直追蒙古追擊宋少帝的紀錄。

　　中共統一大陸後，政治社會與經濟的發展卻與北朝大相逕庭，反而與明朝相似。這主要是因為拓跋氏進據中原時，北方世家大族勢力強大，幾與之分庭抗禮。有強大的中間階層節制統治者，日後發展為唐朝較為開放合理的政治制度。明朝建立時，漢人之中堅分子在元朝統治近一世紀後，壓抑至絕，因此朱元璋能摧殘天下士人，造成空前獨裁的漢人政權。

　　北方先說到這，接下來講南方。

追尋凡夫俗子的天命

討論中國歷史進程，必須要了解「統一天下」是統治正當性最重要的來源之一。在分裂時期，北方的王朝占據著傳統王畿之地，以正統自居，統一的動機較南方強。如果外族統治中原，則非統一天下不可，否則無法向漢人顯示天命所在。

這個心理多次決定了南北王朝之興滅。身處南朝者，或許對此不以為然，但絕對不能不懂此事，甚至有意無意低估北朝之決心。而當代中國之政治模式，與唐、宋、元、明、清之時，並無太大差別。對此失誤最大的莫過於二戰前的日本人。

東晉與南朝有難以解決的兩大困難。

第一，東晉受到南渡的北方門閥支持才能立國，南朝皇帝則是各大門閥拱出的寒門軍人。這些內部的割據勢力一直延續到南朝滅亡，根本不可能有任何徹底的興革作為。當北朝將均田制推廣到全國之時，南朝卻只能修定黃籍（世家）、白籍（寒門），免得太多寒門混充世家以免稅。這種沒出息的政策只讓國家出路愈來愈窄。

第二，南方的農田需要精密耕作，尤其需要水利工程的配合（如五代時，吳越有專門的水利工程部隊）。這些都需要大量的人力，然而當時南方人口不足，又有一大部分受門閥瓜分以為部曲，因此農業生產難以支持軍事行動。

南朝從成立伊始，經濟規模就與北方相去甚遠。兩朝耕地面積大約是七比三之數。如此一來，開發較早的江淮之地對南朝極為要緊。更何況江淮人口是南朝主要的兵源，著名的北府兵就是

從此募來，南朝將領多出此系。無論從國防上或是經濟上，江淮之地不可或失。南北朝的戰爭，除了爭江淮之地，還爭江淮之民。

如此一來，南朝必須堅持自己在政權與文化上的正統地位，否則無從號召江淮之眾。這種號召力，絕不可小覷。例如元嘉之役，拓跋燾攻盱眙，寫信給守將臧質：「吾今所遣鬥兵，盡非我國人，城東北是丁零與胡，南是三秦氐、羌。設使丁零死者，正可減常山、趙郡賊；胡死，正減并州賊；氐、羌死，正減關中賊。卿若殺丁零、胡，無不利。」（我派去的兵，都不是自己人，全是其他部族徵召來的。要殺就殺，還省得我許多麻煩。）

臧質回信也夠狠：「……不聞童謠言邪：『虜馬飲江水，佛狸死卯年。』此期未至，以二軍開飲江之徑爾，冥期使然，非復人事……爾但安意攻城莫走。糧食闕乏者告之，當出廩相飴。」（你那裡流傳說，卯年番仔的馬到長江邊，佛狸〔拓跋燾小名〕就準備去死。結果時間還早，你就派軍隊開路到長江，冥冥中自己找死，怪不了人……留下來好好攻城，有膽別走，軍糧吃光跟我說一聲，我開倉送你。）

臧質還向北魏軍眾宣示：「示詔虜中諸士庶：狸伐見與書如別，爾等正朔之民，何為力自取如此。大丈夫豈可不知轉禍為福邪！今寫臺格如別書，自思之。」（昭告陷敵官民：佛狸送來的戰書「吾今所遣鬥兵，盡非我國人」隨附參照，看他寫得多狠。大家都是正統王朝的子民，何必替鬼子出力。大丈夫豈可不懂如何轉禍為福！佛狸人頭懸賞在此，好好想想吧。）

南朝的「先天不良」在於兩方面。之前說到第一點，耕地開發不足，人口成長緩慢。第二是政治與社會結構。南朝承襲東漢末年門閥主宰政治的格局，無封建之名而有封建之實。對門閥來說，只要自己的利益能夠保全，誰當皇帝都一樣。如果利益擺不平，擁護另一個宗室或甚至是異姓軍閥上臺也不是不行。南朝暴君特別多，有些年紀輕輕做出的各種荒淫行為，千年之後看來仍然不可思議。但是想想這些君主只是個空頭皇帝，身家在這寶座上，而所有的親戚都可能來搶，於是很容易產生變態心理，專門屠殺自己的親人。年輕君主的荒淫行為，極有可能全是篡位者誇大其辭甚或編出來的，目的當然也是將自己的野心合理化。如此一來，南史一書令人有不忍卒讀之感。

　　由這兩個因素，產生南朝獨特的內鬥傳統。地少人稀，生產力低下，對內無法改革，向外無力擴張。門閥於是眼光向內，專務爭奪內部資源。北魏於西元439年統一華北，534年分裂為東西魏，歷時將近一百年。然而同一段時間內，南朝已經改朝換代兩次，更不用說是內戰連年，有如家常便飯。每次內鬥完，政治勢力洗牌，國家實力則江河日下，資源更少，然後搶得更兇。這是南朝的宿命——生態學上所謂「集體的悲劇」（Tragedy of the commons）。

　　南朝在門閥不斷內耗下，皇室無出路，偶爾會在軍事上投機，趁北魏內亂時北伐。一來是想要以軍功震懾門閥；二來是將國防線往北推進，增加防守優勢；第三則是希望削弱北魏。這種

企圖，通常都是偷雞不著蝕把米，因為步兵孤軍深入中原，補給困難，又不敵北魏騎兵，後果常常是只能攻城，無法占地，然後糧草吃盡，等著被逐回南方。每次北伐，所費不貲，國敝民窮而後已，內亂隨繼之。然而帝王之在內無出路只好向外尋求，其實也等於內鬥的延伸。

南朝在社會、經濟與軍事上既無優勢可言，面對北朝強烈的統一動機，南朝最後的王牌就是文化正統論。畢竟南朝除了門閥，也承襲了東漢以來的正朔與傳統文化。相較於五胡時代的一片混亂，與拓跋氏的鮮卑文化，南北雙方的漢人都認可文化上的正統在南方。

北方的漢人世家大族一面低頭隱忍，與異族合作，一面將南方門閥不屑的舊經學傳統導向經世治國的方向，發展出均田、租庸調、三長諸多制度，贏得北朝的信任與尊重。

世家大族與拓跋氏政權合作，發展北方經濟，漢人人口增加。北方士人以經學為名，改革政治為實，逐漸成為北魏不可輕侮的力量。漢人力量增強，鮮卑衰落，使鮮卑有識之士不得不考慮與漢族融和，於是在此背景下產生孝文帝的漢化運動。由於北方漢人主導國事確有實效，因此自信繼承了經學傳統，成為文化上之正統。

《洛陽伽藍記》卷二《城東·景寧寺》記載，陳慶之北伐至洛，與弘農士族楊元慎爭論。陳慶之認為：「魏朝甚盛，猶曰五胡。正朔相承，當在江左，秦皇玉璽，今在梁朝。」楊元慎則加

以駁斥：「江左假息，僻居一隅……我魏膺籙受圖，定鼎嵩洛，五山為鎮，四海為家。移風易俗之典，與五常（帝）而並跡；禮樂憲章之盛，淩百王而獨高。豈（宜）卿魚鱉之徒，慕義來朝，飲我池水，啄我稻粱；何為不遜，以至於此？」

顯然北方士族已不承認南朝的文化正統地位。同一篇又載：「慶之還奔蕭衍……欽重北人，特異於常。朱異怪復問之。曰：『自晉、宋以來，號洛陽為荒土，此中謂長江以北，盡是夷狄。昨至洛陽，始知衣冠士族，並在中原。禮儀富盛，人物殷阜，目所不識，口不能傳……北人安可不重？』慶之因此羽儀服式，悉如魏法。江表士庶，競相模楷，褒衣博帶，被及秣陵。」

南朝由於經濟困頓與內爭不斷，連文化也萎縮，以至於陳慶之入洛自慚形穢，竟在衣冠服飾上學起北朝來。要知道陳慶之在多才多藝、學富五車的蕭衍身邊甚久，所識高人名士豈少，然而對北朝士人大加傾慕，南北文化消長可見一般。

當北方士族不再在意南方的文化地位後，北方的正統地位與統一意願遂不可動搖。侯景之亂前後，梁朝皇族紛爭的醜態，以及陳霸先與諸蕭的鬥爭，更使北方士族輕視。等到西梁傀儡政權在荊州建立，北方掌握了可從長江上游順流直下建康的基地，南朝之覆亡只是時間問題。

在資源萎縮，手上能打的牌愈來愈少時，人就愈會想投機，賭上一把。隨著賭性愈形強烈，賭徒愈發被一些表象所惑，只看到自己想看的。

這正是侯景之亂的背景。

蕭衍有無數的理由瞧不起高澄與侯景，覺得自己能輕鬆將他們玩弄於股掌之上。

南梁是文化正統之所繫，蕭衍與其諸子諸孫，個個學識淵博，文學風流冠絕南朝。在他們眼中，高歡一家是流落北方的粗野鄙人，更不用說侯景還是身為高家奴材的蠻胡。高氏常年跟另一家蠻胡宇文氏爭戰，看來是很好操弄。況且沙場老將高歡剛死，生嫩的高澄能有什麼作為？

蕭衍又想到陳慶之只率七千人就攻入洛陽。北方的蠻子有什麼了不起嗎？

蕭衍未必不知道梁朝的困頓。有人認為，蕭衍（甚至陳霸先）的捨身求贖，並不是一味佞佛，而是一種強迫臣下捐獻的手段。畢竟，誰也弄不清捐的錢到哪去了。佛寺廣立，占田免賦，雖說其弊甚明，但究其初始，未嘗不是如歷朝賣官鬻爵一般，同為應急籌財的手段。梁朝後期財政之困窘，亦可從陳慶之北伐，竟只有不到一萬兵士看出。戰術天才終究無法解決後勤之不繼。這就像織田信長雖然在桶狹間以賭運獲勝，但之後終其一生，信長都是以優勢兵力擊潰敵手，再也不用這種所謂軍事天才的招數。

但無論如何，高澄、侯景豈能如他蕭衍一般才氣縱橫，計策高妙？玩弄這二者間的矛盾，從中得利，不是輕而易舉嗎？然而蕭衍卻不考慮，在他統治四十年後，南朝內部矛盾叢生，賦乏兵

弱，離心離德，可能一觸即潰。手上沒什麼牌能打，滿眼卻都是對手的缺點。這是最危險的情況。

於是他接納了侯景，夢想著不費一兵一文取得河南地。

事情的發展與他料想的大相逕庭。高歡與宇文泰爭戰十餘年，手下能征慣戰的宿將如雲。東魏占有大平原的菁華地帶，農業發達，足以支撐周邊經略。高歡久歷兵間，威望深重，其家族獲得原六鎮軍頭的一致擁護。是以高澄承高歡遺命，遣慕容紹宗攻侯景，軍威懾人，侯景懼曰，豈高王（高歡）尚在否。

侯景一戰即敗，率八百騎奔南梁，河南地寸土未得。但是蕭衍還是自作聰明，要玩挑撥離間、以胡制胡的把戲。結果還沒玩人，先被人玩。先前蕭衍派個廢物姪子蕭淵明率軍支援侯景對抗慕容紹宗（又賭一次），不料還是潰敗，蕭淵明被俘。高澄以蕭淵明為餌，假意與南梁修好，意在離間蕭衍與侯景二人。侯景聽得風聲而不自安，以高澄名義發封假信給蕭衍，提議換俘。蕭衍上鉤，回信說蕭淵明早上回來，侯景就下午上路。侯景得信大怒，立即叛變。

到此關頭，蕭衍還是搞不清楚狀況，大言不過是折枝趕狗罷了。倒是侯景把南梁的狀況摸得很清楚：王室門閥爭權奪利，國內疲敝，一觸即潰。

侯景攻金陵，蕭正德為內應。勤王之師群聚城下，統帥柳仲禮卻頓兵不前，任憑蕭衍餓死。蕭衍諸子姪孫，早就嫌他活太久，這下真盼到他掛了，馬上互相攻伐，個個做著皇帝夢。沒人

有空理會侯景。

一切正如侯景所料。

蕭衍諸子姪諸孫的心理狀態，很值得後世研究。錢穆先生在《國史大綱》中提到：梁朝諸王，正當盛年雄材，非劉宋諸王可比。然各據重藩，頓兵不前，忍誘其父祖於虎狼之口。自相攻伐，互仇甚於侯景。除此之外，動輒引北周、北齊為援而內向爭權爭位，乃至於失蜀、失荊州、失江淮，置家國興亡於度外，毫不在意，終於如蕭詧父子三代為傀儡皇帝，地餘八百里，稱臣事三朝，也在所不惜。

以最淺顯的方式看來，南朝之困頓無出路必然使得爭權者想要贏家通吃，輸者恐怕身家性命不保，回首無路，個個戮力攻伐，一往無前。如此一來，緊要關頭各引外援，割地棄民、甘做傀儡，也就可以理解。輸了什麼都沒有，當傀儡起碼可以對自己人逞威風，兩相權衡，寧願當胡奴。

可想而知，蕭衍當權時，南梁諸王大概都要當孝子賢孫，以當今口語言之，就是要「團結在冷靜堅毅的領導人周圍」、要「愛梁國、愛鄉土」。然後一面要向北齊、北周拋媚眼。到最後，這些愛國愛鄉的本土強藩，一個個成了大國相爭的棋子。就在朝野普遍的這種心理狀態下，南朝江河日下，以迄於亡，正如同劉禹錫寫〈西塞山懷古〉裡的情境：

　　王濬樓船下益州，金陵王氣黯然收。

追尋凡夫俗子的天命

千尋鐵鎖沈江底，一片降幡出石頭。

人世幾回傷往事，山形依舊枕寒流。

今逢四海為家日，故壘蕭蕭蘆荻秋。

帝國之路

　　這個世界霸主建國伊始的確有民主的理想。當時小國寡民，卻從海對岸的舊大陸國家引進了優良的政治思想。公民權雖然只賦予少數人，領導人也多半出身世家大族，但樸素的農民與拓荒者構成社會中堅，一般大眾向意也的確能有效反映到上層。

　　隨著人口不斷增加，小國不斷向外擴張，完全合併了舊大陸國家的殖民地，儼然成了新大陸上最強大的國家。然而，在這個階段，她只是舊大陸眼中沒文化的暴發戶，在可開拓土地與資源充分的情形下，不斷向舊大陸輸出產品。然而，工商業不斷成長，與傳統農民的利益衝突，造成社會階層對立，終至爆發內戰。內戰結束後，工商業擴張更快，公民大多支持或默認中央集權的趨勢，以集中力量開拓並保護貿易管道。隨之而來的是賦予更多人公民權，積極向外擴張，並將主要能源產地置於控制之下。

　　此時這個國家的勢力範圍已超過原先政治制度設計能管理的地步，為確保貿易管道與能源產地，使得國家一直處於戰爭狀態。歷代領導人利用緊張情勢，主動或被動地不斷擴充權力。這

個國家移民眾多，都是因追求安定生活才移入，對中央集權並不反對，使國家轉型為帝國，而保留著共和國的外貌。國家領導人也不稱帝，而是自稱「第一公民」或「最高統帥」。公民對共和國的認知使領導人不致公然世襲，有志者通常是管理一個省區，有了政績以後，討好屬民，在獲得多個省區支持後，成為潛在的領導人繼承者。

在稱霸世界的同時，帝國卻開始發現自身的痼疾。要控制如此廣大的勢力範圍，需維持強大的軍力，使軍費居高不下。而長期輸入國外的低價產品，使國內製造業衰落，然而軍費的負擔卻拖累了技術的發展，使科技水準漸漸為競爭國家趕上。如此惡性循環，各國漸漸發現帝國軍力並非天下無敵了。在幾次對外戰爭重大的挫敗之後，掌權的富豪與軍人面對內外壓力，還想更集中權力，於是以維護傳統價值為名，提倡激進的宗教運動，一神教的勢力愈來愈大，成了真正的國教。另一方面，帝國以武力為後盾，維護公民的生活水準，無視於鄰近諸國的狀況，結果與鄰國貧富差距太大，貧窮的移民紛紛湧入帝國境內，造成社會莫大的壓力。

由於帝國本部政經壓力過大，決策常無法顧及盟邦。東部各邦與帝國本部利益不一致，因而另立中央政府，實質獨立。與諸國生活水準相差太大，成為各國反抗的理由。與新興強國的軍備競賽，拖垮了經濟，非法移民持續湧入，超過社會所能負擔。帝國在往後二百年的時間中逐漸衰退解體，世界秩序瓦解，繼之以

一千年的黑暗時期……

　　大家不要緊張，美國還沒完蛋。以上所說的是羅馬帝國。歷
史上沒啥事是新鮮的。

追尋凡夫俗子的天命

勇敢的島嶼

　　大國之濱，隔海相望，有一座美麗的島嶼，數百年以來，一直為其多舛命運奮鬥不已。

　　近代以來，大國從來沒有統治過這座島嶼。然而，島的地理位置足以封鎖大國的南部海岸，遂使大國力圖控制島嶼。數十年前，大國與世界超強交惡，於是超強積極援助島國。實際上，若沒有超強的支持，島嶼早已被大國併吞。在源源不斷的經濟軍事援助撐持之下，島國倒也治理得井井有條，不斷對超強出口賺取外匯，教育普及，醫藥發達，允為該區域的發展模範。

　　臥榻之旁豈容猛虎，大國於是用各種手段想要奪回島嶼，與超強展開長期攻防。大國曾經祕密策劃島內武裝叛亂數次，但島內統治者在超強的支持下以鐵腕將之一一弭平。超強也曾試圖在島上部署戰略武器，最後在大國激烈的反應下被迫終止。

　　大國眼見在超強的干預下，島嶼問題不是短期內可以武力解決的，於是就在外交上強力打壓島國。不但阻撓島國參加國際組織，連公共衛生及醫療方面的會議也將之排除在外。就連體育活動也不放過，對島國最驕傲的棒球隊參賽也橫加干涉。島國自是

全民憤慨，對大國這種為政治不顧人道與體育精神的惡行大加批判。

　　隨著世界局勢改變，超強發現在經濟與外交上不得不與大國合作，大國也順勢而為，與超強逐步改善關係。二國都覺得維持區域安定對雙方都有利。於是超強自島嶼撤軍，甚至開始限制島國領導人過激的言行。失去了超強的支持，島國領導人用更激烈的言行想要突顯自己的重要，然而只是換來大國的喝止與超強國的冷眼旁觀。

　　隨著經濟的惡化，愈來愈多島民移居到大國。島國領導人為此痛心疾首，決心要嚴辦這些島奸，以排除大國所有的影響。然而，形勢比人強，在大國的經濟誘因及外交打壓下，世界各國明知大國的蠻橫，也不敢為島國仗義執言。島國的對抗之路，只是愈來愈窄了……

　　說到這，想必您早已猜到這個勇敢的島嶼就是——古巴。

俄國傳奇

　　1978年，阿富汗共產黨發動政變成功，塔拉基上臺當總統。蘇聯其實覺得不妥，但因同樣是共黨，也就勉強承認事實。沒想到不到二年，總理阿明發動政變，殺害塔拉基，自任總統。蘇聯已經不高興了，而曾在美國留學的阿明處理各地的反抗，愈弄愈糟，傳言他想向美國求助，蘇聯因而決定除掉他。

　　起先蘇聯來陰的。當時阿富汗與蘇聯友好多年，政府中人普遍信賴俄國人。蘇聯派了個廚子給阿明，阿明不疑有他。當然，廚子是國家安全委員會（KGB）的人，有天看準時機在菜裡下毒。阿明吃了後頭暈目眩後送去急救，沒想到居然活過來──國家安全委員會也會失手！蘇聯只好直接砲轟總統府把他幹掉，並出兵敉平動亂。這是阿富汗戰爭的近因。

　　事後國家安全委員會的解釋是阿明是留美的，喜歡可樂，每餐必喝。他們準備的毒藥是鹼性的，可樂卻酸性極高，大量喝下竟中和了毒藥。資本主義的東西果然可怕啊。

　　這種下毒暗殺不成的事，在俄國倒不是新聞。末代沙皇尼古拉二世的獨子有血友病，常常血流不止，沙皇與皇后亞歷珊德拉

只好祈求奇蹟。後來有人介紹個「神人」拉斯普丁，他竟能在皇太子受傷時止住血流，亞歷珊德拉遂受其迷惑，深信不疑。拉斯普丁又會預言，讓沙皇對他言聽計從，他也就毫不客氣地干涉政事，甚至穢亂宮闈。這一切都讓貴族大臣怒不可遏，決定把他除掉。

有一天貴族們派了兩個人綁架拉斯普丁，真是把他綁得結結實實，然後把當時認為最毒的藥——氰酸鉀——灌到他喉嚨裡。他們幸災樂禍地看著拉斯普丁吞下毒藥，準備看他癱在地上完蛋。然而拉斯普丁一邊掙扎著一邊站起來走了出去，把一幫人嚇壞了，認為這人可能真有神功護體，很長一段時間不敢再動他。

後來有人認為拉斯普丁患有胃酸缺乏症，氰酸鉀吞到胃裡無法酸化產生毒性，所以沒死。

拉斯普丁招恨過多，王公貴族們還是發動了多次暗殺行動，最後終於把他殺了。有個傳說是，他的後裔為了避禍，不但逃離莫斯科，還把姓名給改了——把前面兩音節去掉。聽說後代其中一人現今在俄國當個比沙皇還大的官。

美國故事

　　喬治・弗里德曼（George Friedman），當代地緣政治理論家，1949年出生於布達佩斯的猶太人家庭。他的父母逃過了納粹的迫害，卻因為反抗蘇聯統治被迫離開家鄉，逃往維也納，最後渡海落腳紐約。弗里德曼回憶他們一家躲在暗處等著偷渡時，因為怕發出聲音，還給他年幼的妹妹吃安眠藥。

　　弗里德曼在紐約長大、上大學，在紐約州的康乃爾大學（Cornell University）獲得博士學位。英文是他的母語，但他說話一直帶著輕微的、分不出哪來的口音。他是個紐約客，卻選擇到保守的德州居住、工作。他對歐洲的印象就是無止無盡的地緣政治衝突，也對歐盟的政治與未來有很尖酸且悲觀的批評。這自然與他的家族經歷有關。他是個猶太人，家人又經歷納粹迫害，照理講應當像許多美國的猶太人一般傾向左派。但是他對歐洲的厭惡，以及對美國力量的崇拜，卻使他的觀點一直是極端右派。他就像很多第一代移民的子女，總是充滿了文化的矛盾。

　　不論喜不喜歡這個人，大家都承認：他很會說故事。這大約是因為他從小在家裡聽多了父母談的、與大時代有關的各種經

歷。有一次他講了一個小故事：

當他讀大學時，有天收音機裡播放一條歌。他的父親一直不太會說英文，便問他那首歌在唱什麼。弗里德曼說：「美國這幾十年來，郊區總是用類似的模式開發，每個小鎮的街道、房子看來都一模一樣，這個歌手是在感嘆美國人逐漸失去了個性。」

他的父親一臉不可置信：「什麼？這就是美國人的煩惱？當我們擔心失去性命時，他們擔心失去個性？」

我有次與一位自行創業有成的義大利裔美國人聊天。他說他祖父在義大利家鄉的窮困環境中長大，家裡欠了地方惡霸一些錢，必須無償做工還債，等於是奴工。後來他逃到美國，落腳紐約。（這時我腦中響起了《教父》的主題曲……）他一開始不會講英文，同鄉就介紹他到義大利餐廳打零工。他努力工作、學習，後來成了大廚，存了一筆錢，頂下了同鄉的雜貨店當老闆。他環境漸漸寬裕，用餘錢投資房地產，並嚴格要求孩子一定要讀大學。他過世時，在紐約市擁有幾十個單位的公寓，每個孩子都受良好的教育，事業有成。

我的朋友說，他祖父終身感激美國，一天也沒有想過家。他的祖父告訴他們，美國之所以強大，就是因為從全世界收納了最努力工作的移民：「你們不要停止努力，否則就會被不知道從哪裡來的人給取代」。所以即使已是第三代，出身優渥，他還是不停地創新，擴展事業。

這些都是家族歷史與經驗傳承的例子。人生經歷的代代傳

遞，形塑了家族文化與價值觀，不論那經驗是好是壞，下一代可以從中學習，認識自己，知道自己從哪裡來，往何處去，從而把握自己人生的定位。

我時常在想，我要說什麼故事給下一代聽呢？

大熔爐

　　一個普通的早晨。

　　我到公車站，看見那位定時出現，但英文很不通的俄國老太太。我跟她比手畫腳聊了一會兒，公車來了，於是我們上車。

　　到了捷運站，跟著各式各樣的人一起等車：黑人、白人、人，各種語言七零八落響起，英文、西班牙文、中文、印度語等等。

　　進入大樓，用西班牙文與打掃的阿嫂打招呼。到了實驗室，同事來自於西班牙、英國、義大利、中國、喀麥隆、法國、德國、以色列、伊拉克、日本、韓國、印度、巴基斯坦、阿根廷、瑞士等等。對了，還有美國。

　　艾娃剛從馬德里回來，帶來了西班牙甜點，大家一面分食，一面稱讚。午餐時安東奈拉帶來她自己做的，正港的拿坡里披薩，與大家分享。

　　下班了，在捷運站與公車站依然重複著早上的情節。回到家，進到中文的世界，問著孩子功課。晚餐自然是老婆做的臺菜。

　　典型的一天，一年重複三百六十五次。

追尋凡夫俗子的天命

這樣的國家，你該怎麼管理？這麼多種不同的人，怎樣組織在一起，而不會變成巴別塔的工人？

道理只有一個。給這些人公平的機會，一種連在他們家鄉都奢侈的機會，他們自然會心懷感激，傾其所有來為這個國家貢獻。

現在高牆裡的大官吵著要建邊境圍牆，渾然不知現在每年南遷回鄉的鄰國人已經比北移進來的多了。沒有人是傻瓜，當努力得不到回報，就不會有人來，這個移民創造的海洋很快就變成本土的一灘死水。

移民啊

　　去年（2017）八月到丹佛開會，住在市中心重新整建的旅遊區。廣闊的步行區，免費的接駁車，各式各樣的商店、旅館與餐廳。就像所有美國大城市努力復興的內城區一樣，為了吸引觀光客，一切是那麼的方便與做作。每個街口都有所謂的「街頭藝人」，身強體壯的年輕人吹奏著簡單的樂器；還有一些明擺著討錢。荷槍實彈的警察巡邏街頭，多到旅館人員要我們放心、一切正常的地步。

　　我帶著老婆小孩，在街道上走了好一會兒，皺著眉頭想找個不太貴又吃得下去的餐館，然後我們看到了一群人排著隊在一臺餐車前等候。走近一看，是泰國菜。每個城市都有在地的餐車傳說。我們在紐約時，跟阿富汗菜餐車買了兩個香噴噴的便當，只花了十四元，一家四口吃得高興極了。這個餐車這麼多人排，一定有看頭，跟著排吧。

　　隊伍移動極慢。老婆湊到前面看菜單，發現車裡就一個小伙子。所有材料都是新鮮的，沒有一樣預熱好的。一道道從頭開始炒起，自然很慢。但是材料實在，新鮮熱辣，份量大又一律八

元，在觀光區還能比這更好嗎？難怪大家排起隊來格外有耐心。

大熱天裡，小伙子揮汗如雨，手腳停不下來。終於輪到我們。

「先生，請問要點什麼？」小伙子笑得靦腆，用一口濃厚的東南亞口音問著。

「泰式炒河粉、炒飯。」

「兩位小朋友想吃什麼嗎？」

「不用了，這樣就行。」我是想多點二道，無奈已經排了半小時，得趕快回去了。排我後面的一聽如釋重負。

「好的，總共十六元。」說完開始準備材料。

熱鍋、燙河粉、炒飯、炒料、起鍋、裝盒。最後還細心地把餐盒邊的湯汁擦乾淨，擺上筷子，恭恭敬敬地兩手把袋子遞給我：「先生，謝謝您，祝您有愉快的一天。」

我在餐廳花個好幾倍價錢，也沒看過這麼誠懇的服務態度。

離開時看到他手寫的告示，本月最後二天休息不開店。文法雖不夠通順但大家都懂。這也許是他每個月唯一的休息時間。

美國是機會之鄉。我能預見這小伙子生意愈做愈大，僱人幫忙，頂下店面，開好幾家，結婚、生子，小孩讀大學，全家成了中產階級，實現了美國夢。

再看看一旁遊民，嬉笑自若，又想到抱怨移民搶工作的選民，哀嘆著美國夢的幻滅。這個小伙子的工作，他們應該是不屑來爭的吧。

我不禁想起音樂劇《漢米爾頓》裡的一句歌詞：

「移民啊——只有我們才能成就大事！」（Immigrants, we get the job done!）

追尋凡夫俗子的天命

休士頓的墨西哥麵包

　　華人開餐廳拚低價，在美國眾所周知。眼見著日本料理早就走的高檔路線，韓國菜後來居上也耍豪華，甚至連泰國菜餐廳也是美輪美奐。只有中式餐館，日復一日，年復一年賣著左宗棠雞加白飯外賣。在異鄉住了這麼久，有時真「哀其不貴，怒其不爭」呀。

　　這趟旅行，下午的班機回來。等計程車歷經交通阻塞到家，已經接近晚餐時間了。這裡物價高，出去吃所費不貲，還要等又嫌累。對了，去吃祕魯烤雞吧。

　　休息一會兒，又叫孩子們換上外衣。「我們要去哪裡？」「晚餐吃祕魯烤雞呀！」孩子們歡呼起來。開車大概十來分鐘，到了個又小又窄的店。一進門，烤雞濃厚的香味撲鼻而來，電視裡播的是阿根廷對烏拉圭的足球賽。所謂football是用腳踢的。店員用濃厚的拉丁口音問我要點什麼。其實這裡賣的東西就那幾樣，我們每次都點全雞加上炸木薯（yucca）、沙拉與兩種辣醬，二十元有找。四杯水免費，餐具與外帶盒隨便拿。

　　烤雞甚鹹，孜然味很重。炸木薯雖油，吃來著實又香又酥，

分量又大，只好提醒孩子們：「一定要吃點沙拉呀！」吃飽後心滿意足，沒吃完的雞肉再打包帶走。在這附近還有什麼地方花不到二十塊錢能讓一家四口吃飽又高興呢？念及此，真是覺得自己老嫌中式餐廳廉價粗糙很不厚道。在這個生活不容易的年代，這樣的餐廳簡直是行功德啊。

說著想起休士頓的墨西哥餐廳與麵包店，也是以物美價廉聞名。當年讀書的時候，靠獎學金過活，買菜回來一定順便去一家墨西哥麵包店報到，帶回小豬形狀的甜麵包與菠蘿麵包，當一週的早餐。週末則到墨西哥餐廳打打牙祭，英文與西班牙文交錯說的女服務生總是笑臉迎人。可以說，平價的墨西哥餐廳豐富了我們的生活，也支撐了許多移民。

去年（2017）八月休士頓淹大水，許多人無家可歸，缺衣少食。昨天看到一條新聞，一家墨西哥麵包店受困周圍大水，麵包師父回不了家，乾脆連續兩天不停地烤麵包。水稍退之後，店裡的員工拿麵包送給災民。我一看照片，那不是我所熟悉的小豬麵包與菠蘿麵包嗎？

這是移民國家的真精神。我感謝當年的墨西哥餐廳與麵包店，帶給窮苦留學生週末的快樂時光。也感謝此地的中式餐廳與祕魯烤雞店，能在這個物價昂貴之處，供給我們負擔得起的美好食物。

波士頓

開會最後一天，早上結帳離開旅館，下午的班機，利用機會逛逛波士頓吧。

波士頓市區的公共交通系統非常方便。既然到了革命發源地，不免俗去走走那條著名的「自由之路」（Freedom Trail）。當年保羅・瑞維爾（Paul Revere）看到英軍來了，急忙到當時的波士頓市區最高處——老北區教堂鐘塔頂上，掛上兩盞燈籠為信號，再連夜快馬穿過市區，到達革命軍駐地，警告華盛頓。瑞維爾也因此成了大英雄。這是美國小學生耳熟能詳的故事。

但是我要去看看那地方的原因，倒不是要像美國人一樣肅穆地瞻仰它，而是因為在書上看了「諷刺波士頓交通混亂」的老笑話：「上回有人還能在二小時內穿過整個波士頓市區時，他說什麼呢？『（喬治王的）紅衣兵來了！紅衣兵來了！』」

我第一次聽到時，笑到不行。這是典型的波士頓人笑話：慧點而尖酸。

從捷運站下車後，走往老北區教堂，也不過十五分鐘就到了。在那看到雕像，但依然無法確定，於是問了一對老夫妻：

「請問這是誰的雕像啊？」

老先生答：「保羅‧瑞維爾的。」然後很熱心地把瑞維爾的故事再說一遍，順便指出老北區教堂的位置。

我向他道謝，然後笑道：「我剛從市區走來。顯然二百多年後，在波士頓騎馬還是比開車快得多。」

老先生夫妻大笑不止。

老北區教堂地勢高，卻臨近港灣，視野甚佳（所以燈籠要掛那裡），風景怡人。我沿著港灣步道，直到看見漢諾瓦街（Hanover Street），我心想，是了，往這就回市區了。

沿街走著，突然覺得奇怪，怎麼招牌都變成了義大利文？

再走一會，到了聖李奧納德教堂（St. Leonard's Church），說明牌上說，十九世紀移民到波士頓的義大利人日益增加，於是建了這個天主教堂──這也是義大利移民在波士頓蓋的第一座教堂。

再繼續走，道路兩旁盡是義大利餐廳、以義大利文取名的教堂，以及義大利人的聚會處，類似華人的同鄉會館。此外，有一間舊式裁縫店，看來是製作傳統義大利式婚紗的。（跟電影《教父》裡婚禮中新娘穿的樣式很像。而義大利裁縫與婚紗又是另一椿故事了。）我甚至還看到有幾個人圍在小桌邊，以義大利文聊天。想必當年有一大批義大利移民湧入，迅速改變了波士頓的面貌。到處都是義大利文的招牌、告示，甚至是他們帶來的天主教信仰，必然對當地的舊移民──白人盎格魯‧撒克遜新教徒

（WASP），產生很大的衝擊。我從來沒想過波士頓也有久遠的義大利移民史。

才剛這樣想著，就走到一座天主教堂前。這一座似乎是愛爾蘭人建的，上面有個牌子紀念一位寡婦。大約也是在十九世紀初期，有個人從愛爾蘭移居美國某處，卻因為他信天主教（愛爾蘭與義大利都是天主教國家），受新教徒迫害而死。寡婦移居波士頓避禍，幾年之後，附近新教徒又尋釁，要求她改信新教。寡婦不肯，於是那幫人誣指她為女巫，並抓來吊死。日後，這個教堂的會眾尋獲了她的遺體，最後重新安葬，稱她是殉道者。

美國立國之初，盎格魯・撒克遜新教徒是「社會主流」，對天主教極為排斥。當義大利與愛爾蘭移民湧入時，他們大多是貧苦的勞工，說著不同的語言，帶來非主流的宗教，因而受到許多壓迫。然而愛爾蘭人最終在波士頓站住腳，落地生根，一百年的時間竟然將波士頓從盎格魯・撒克遜新教徒的革命聖地轉變為聖派翠克之城[5]，處處充滿了愛爾蘭的文化符號，而且在立國一百八十年左右，終於產生了美國史上第一位信仰天主教的總統——愛爾蘭後裔甘迺迪。2012年的總統選舉，二位副總統候選人拜登與萊恩，都是愛爾蘭後裔與天主教徒。他們已是徹徹底底的社會主流，令人難以想像當年由盎格魯・撒克遜新教徒主宰的波士頓。

---

5 聖派翠克是被派遣到愛爾蘭宣揚天主教的傳教士。後來愛爾蘭人為了感念他，將每年的 3 月 17 日定為「聖派翠克節」。

波士頓街頭路人多是紅髮白皙之輩，不論男女，過馬路橫衝直闖，全然不顧紅綠燈與汽車，完全符合美國人心中對愛爾蘭的刻版印象：脾氣衝、愛喝酒、多話。他們一方面建立了美國東岸的自由派之都，一方面卻又極力維護自己的主流地位，對外來者常有不客氣的一面，以至於有人稱他們是「美國歧視最深的城市」。這些不相容的特性共存於一城中，也是波士頓最奇妙之處。

Moonshine

　　某天（2017年5月30日）聯合報的報導，標題是〈文在寅熱線安倍堅持月光政策〉。第一段提到：

　　2008年之前，南韓進步派主政時和北韓交往的政策，號稱「陽光政策」。如今南韓新總統文在寅（Moon Jae-in）的英文姓氏拼音被外國媒體拿來做文章，《金融時報》稱他有意和北韓恢復往來的政策是「月光（Moonshine）政策」，恐讓美日韓聯合對抗北韓威脅的合作關係變得更複雜。

　　"Moonshine" 一詞，源自美國一九二〇年代的禁酒時代。當時賣酒飲酒都屬非法，可是大家還是要喝要買，於是私釀大行其道。既然是私釀，就只能偷偷摸摸，在山裡面蓋小屋放裝備，晚上跑去在月光下釀酒。後來做這生意的人太多，大家習以為常後，便稱這些人為 "moonshiner"（意指在月光下幹活的「私釀者」），日後亦指走私貨的單幫客。因此《金融時報》在這則新聞中用的Moonshine一詞，暗藏文在寅的姓氏（Moon），諷刺他在美國眼皮底下跟北韓偷偷摸摸來往的意思，其實滿刻薄的。翻譯成「月光政策」表達不出那種意思，若翻譯成「不見光政策」

則庶幾近之，但卻少了用文在寅的姓開玩笑的隱喻。翻譯也真不容易。

而且美國人對這段歷史的態度也非常有趣。我住的地方，距離凱托克廷山區國家公園（Catoctin Mountain Park）不遠，是夏天全家露營的好去處。當年警方在山裡查到一個釀私酒的棚子，國家公園處不但把它保留下來，還闢了一條步道經過前面，放上解說牌，儼然是國定歷史文物了，簡直文創精神十足。

至於我是如何知道這些事的呢？因為我到休士頓念書後，第一次去參加研究生辦的聖派翠克節party，喝到的第一瓶啤酒，就叫Shiner。

人口分布與選舉

　　眾議院賓州補選結果揭曉（2017年3月14日）。雖是共和黨鐵票區（總統大選川普在當地比希拉蕊多了20%的票），民主黨候選人藍姆卻以六百四十票勝出。雖然還有通訊投票，但未開票數只有二百票左右，應該對共和黨無濟於事。因此藍姆昨天深夜宣布勝選。這是票數上百分之二的險勝，對民主黨而言卻是大勝。

　　既然塵埃落定，可以來談談這場選舉的意義。當然，這是川普主政下第三次州級選舉失利，證明他不受歡迎。但他的基本盤還是鐵板一塊，他個人在全國的聲望並非重點。

　　重點是什麼呢？美國城鄉人口分布。

　　先說一個過度簡化的模型。

　　城市裡人口密集，從收垃圾、停車管理、大眾運輸、住屋管理等，無不需要高度協調才能運作，而每一樣管理措施與公共服務都需要成本。因此住在都市的人可以忍受高稅率、政府管制，但是要求公共服務以及基礎建設完備。

　　鄉村人口密度低，基礎建設少，在許多方面需要自給自足，

因此要求低稅率、政府少管制，也不願意集體協調的行動。

以槍枝管制而言，有人心情不好，在農場對著遠方開幾槍消消氣就算了。可是如果跑到大城市街上拿槍掃射一陣那就可怕了。因此雙方對槍枝的態度截然不同。

城市與鄉村在政府應如何運用稅收上，意見分歧也很大。對鄉村居民而言，收入低、基礎建設用得少，稅收愈低愈好，最好沒有。城市居民正好相反，政府應該要管得多、做得多。

今天先不談複雜的歷史因素，直接跳到現況：民主黨的基本盤在城市，共和黨的基本盤在鄉村。最近二十年的選舉，兩黨在某地的得票數，與當地的人口密度顯著相關。密度高的投民主黨，低的投共和黨。

從民權運動以來，共和黨的選戰策略是鄉村包圍城市，民主黨是城市突破鄉村。二次大戰以後，美國政權交替大致上與城市人口成長有關。當城市人口成長時，民主黨執政機會變大；當城市人口成長停滯時，共和黨執政機會變大。

2008年歐巴馬當選，很大一部分原因是小布希失政過甚，但是金融危機造成城市人口增長停滯，卻是不變的趨勢。因此歐巴馬八年任內，共和黨在地方與國會選舉上一贏再贏。當然，上臺了就不想下來。

美國人口普查十年一次，各州議會根據普查結果重劃國會選區。議會執政黨都會把對方的鐵票區打散，把自己的死忠選民劃在一區，因此美國的國會選區都是歪七扭八，這就是政治學上鼎

鼎有名的「傑利蠑螈」（Gerrymandering）劃法。

2010年共和黨從國會到地方全面大勝，當然不放過這個大好機會，把選區地圖徹頭徹尾改頭換面一番。其中最主要的辦法是把大都會區拆成好幾塊，併到附近的鄉村選區。例如德州首府奧斯汀是民主黨的鐵票區，卻硬是被切成五塊，分屬五個選區。這次賓州補選的選區也是共和黨的「傑作」，把西部大城匹茲堡南邊一大塊切下來，併入旁邊的鄉村選區。

歐巴馬任內經濟要到任期最後兩年才真正復甦，但趕不上總統大選，因此川普意外獲勝。

但是川普要面對的也是一個擋不住的趨勢：城市人口重新恢復成長。結果共和黨的傑利蠑螈開始產生「膛炸」（backfire），傷到自己。怎麼說呢？

最近民主黨的幾次勝選，基本上都是兩三個大城市就決定了結果。維吉尼亞州長選舉，與華府相鄰的北維州都會區，地皮不到全州十分之一大，人口卻占了三分之一左右，而且持續增長中。北維州費爾法克斯郡（Fairfax County）都會區是民主黨的票倉，當其他八、九十個郡的選票都開完了，費爾法克斯郡的票還在一張張開出來，全是民主黨的。結果預測五五波的選戰，民主黨以10%的差距大勝。

這次賓州補選，匹茲堡南邊那一塊變成共和黨的定時炸彈。把那裡的人口劃進來，直接把共和黨鐵票區翻盤。現在有人預測，奧斯汀的五塊，會讓所屬的五個選區翻掉至少一、兩個。

最近還有一個新聞。美國的電視收視率，一向是福斯臺保守派名嘴節目的天下。都會區自由派的都看MSNBC，但不成氣候。上個月MSNBC的自由派名嘴瑞秋·梅道（Rachel Maddow）竟然收視冠軍。我的理解是：城市裡的憤怒中年人口相對成長，鄉村的頑固老一輩人口相對衰退。

今年十一月中的選舉有好戲看了。

美國新教派——槍枝崇拜

　　美國又發生一連串校園槍擊案。令人痛心的是，這已經不算新聞了。每次事情過了，就有人問：「為什麼有那麼多死傷慘重的槍擊案？」

　　先不管擁槍與反槍的論點，來看看伊利諾州議會打鐵趁熱通過的槍枝管制法案要點：

(1) 禁止製造、販售及持有撞火槍托（bump stocks，可將普通步槍改造成自動步槍的裝置。去年拉斯維加斯音樂會中，開槍打死五十九位民眾的槍手，就是使用這種設備造成重大死傷）。

(2) 提高購買突擊武器（assault weapon，軍隊在戰場使用的自動槍枝）年齡到二十一歲。

(3) 所有槍枝售出需等待超過七十二小時才能領貨。

(4) 槍枝經銷商除具聯邦執照外，需額外取得伊州營業執照。

　　這是全國第一個通過「最嚴格」槍枝管制辦法的州。這樣是

「最嚴格」？那其它的州是怎樣？

你猜對了。在美國，買槍比買感冒糖漿、買香菸、買殺蟲劑都要來得容易。此外，能買到的槍可不只是防身用的手槍，還有火力強大到可以用來掃射的自動步槍、狙擊鏡、雷射瞄準器、夜視鏡等，應有盡有。

而且誰都能買。

我在德州念書時，有個朋友到小鎮的銀行開戶。經理說：「恭喜您，優惠期間，開戶有獎。」朋友很高興：「什麼獎？」經理雙手奉上手槍一把。那時我朋友甚至還沒綠卡。

佛羅里達大約是槍枝管制最寬鬆的州，寬鬆到已不能稱之為管制，可以說是槍枝製造商的活廣告。

在佛羅里達州，不只青少年能買自動步槍，遊手好閒的、街上要飯的、有精神病的、打過老婆的、不會用槍的……通通可以。佛州還有一條法律，叫「站定立場」（stand on your ground），你站在那裡，有人向你走來，只要你「感覺」對方有敵意，就能對他開槍，而且無罪。在那裡用刀砍人會判死刑，用槍打人則沒事。

這一切是如何發生的？一言以蔽之：軍火商販賣恐懼。

時間往前推遠一些。南北戰爭投降，嚴重傷了南方白人的自尊心。當時有些不甘心的南方軍官成立了三K黨，加上南方害怕黑人的報復，而繼續維持憲法所容許的民兵組織。從那時開始，以武裝維繫自己的自尊心就成為農業地帶的傳統。林肯是共和黨

的，因此當時南方全是民主黨的天下。

美國城鄉間的差距，在六〇年代民權運動以後，達到一個新轉捩點。甘迺迪雖是民主黨，但是出身自北方麻省波士頓的世家，具有深厚自由派的理想。他遭暗殺後，繼任者詹森雖出身南方保守的德州，但體認到民權運動勢不可擋，因此主導通過民權法案。這下南方白人覺得遭到民主黨背叛，共和黨趁虛而入，運用所謂「南方策略」，主張十個鄉間小鎮勝過一個大城市。從此兩黨在城鄉的角色反轉。

隨著少數民族地位持續上升，城鄉差距擴大，不但鄉間蕭條，以白人勞工為主的工業地帶也日趨沒落，愈來愈多人感覺受政客背叛，自尊心低落。他們需要一些事情肯定自己的價值。

代表軍火商利益的全國步槍協會（NRA），看準這一點，開始大肆推廣槍枝，反對一切管制。他們先從「生活方式」著手。早期擁有槍枝幾乎是白人的專利，全國步槍協會開始宣傳——槍枝代表「自由」：一槍在手，凌駕於有色人種之上，以民兵自衛為名，政府也管不了你。這給予失去社會地位的白人農民與勞工很大的滿足感。

這樣還不夠。軍火商要擴大市場，每個人不能只買一把槍。要讓人囤積各種武器，而且是愈多愈好。該怎麼做呢？

軍火商想到了一個絕佳的策略。槍枝不能只跟鄉村與勞動階層的白人掛鉤。擁有槍枝就有了自由與自尊，但是政府與菁英階層隨時動著歪腦筋，要奪走你們的自由與自尊。

政府與菁英階層 —— 所謂的統治階級、全球主義者（Globalists，意指為了在全世界各地賺錢，隨時能犧牲本國利益的人）—— 是哪些人呢？不就是那些從長春藤大學畢業、坐辦公桌吹冷氣、靠所謂「知識」，輕輕鬆鬆賺錢、根本不想了解小老百姓辛勞的那些人嗎？他們想要管制槍枝，不就是想要奴役像我們這種無權無勢的正港、本土的美國人嗎？

不僅如此，軍火商繼續販賣「對立」的「立場」。「正港」美國人的價值一定要包括「正統」的信仰與對政府的不信任，站在他們那一邊的人一定要有槍，很多槍。於是陰謀論大行其道，社會對立益甚。既然槍已經成為信仰價值，任何一丁點的槍枝管制都絕對要反對。這個策略能夠成功，與美國選舉制度有很大的關係。在美國，鄉村一張票抵得過城市兩張票，因此鄉村與沒落工業地區的少數人能夠長期把持議會，造成各種畸形現象，軍火商趁虛而入，造成打不開的死結。

槍枝濫用也與美國白人強調男性強勢的文化脫不了關係。

傳統上，美國的父母都會要求男孩成為「強勢」、「主導性強」（dominating）的角色，這主要是指在運動場上體能超群，在同儕中輕視書呆子，在團體中要以無比自信發表意見，帶領甚至壓過別人。其實美國文化一向是強者文化。臺灣的新聞一天到晚有人要別人讓出博愛座，甚至為此爭吵鬧事。我在這裡搭乘地鐵也超過十年了，看了不少亂七八糟的事情，可是就從來沒看過有人要求人讓座這種事，即使是走路搖搖晃晃的老人家，挺著大

肚子的孕婦，帶著兩個幼嬰、背著大包小包的媽媽都不例外。因為這是個強者文化的社會，沒人想要被人視為弱者。

白人男性強勢文化，以前盛氣凌人，到了現在，開始變得不合時宜。在許多場合，白人男性主導的日子一去不返。更不用說這樣的個性在現代社會可能已經無法與人正常來往。更不幸的是，有許多孩子的個性根本不適合這種文化，卻受到父母以及朋友影響，以此為價值卻無力達成，造成自信心低落乃至於憂鬱症的惡性循環。這也可以用來解釋為什麼濫射案的犯行者，大多以白人男性為主。

最後一局

　　美國政壇第三號人物，眾議院議長約翰・貝納（John Boehner）閃電宣布辭職，震驚全國。

　　從就任伊始，貝納就面臨多面不討好的窘境。他雖是共和黨保守派大將，但夙有「政治交易仲介」（deal maker）的名聲。在過去，這是個優點。但2010年共和黨靠著極右派支持在國會大選中獲得大勝，極右派覺得該是實現他們「理想」的時候了。他們反對所有的妥協，認為妥協就是背叛。政治仲介在他們看來顯然是一種邪惡的代表。

　　貝納雖然也是保守派，對歐巴馬的政策更無好感，但他深知政治現實：第一，當時民主黨還掌握著參議院，隨時可以封殺眾議院送去的法案。第二，總統有否決權，而參議院覆議需要三分之二以上絕對多數。第三，共和黨勝選一大部分靠的是選區重劃，地方選舉長保不敗，但全國選舉不管用。第四，全國選民人口結構變遷對共和黨非常不利，討好核心選民是慢性政治自殺。

　　政治是妥協的藝術，大家各取所需才做得下去。強迫所有人接受的單一做法是行不通的，更何況共和黨還沒贏到整碗捧去，

予取予求的地步。

然而士氣高漲的極右派認為羅斯福新政以來，已經憋了六十年的怨氣，好不容易遇到這世紀難得的翻盤契機，怎麼可以退讓！順我者生，逆我者亡！

第一局，預算赤字。

金融危機以來，聯邦政府的赤字不斷破紀錄。當共和黨要求削減開支時，民主黨也不得不承認有其必要。共和黨極右派鼓動全黨提出這樣的預算案：政府所有開支全面削減，取消所有社會福利，但增加國防預算。

不可能，貝納搖搖頭，這是叫對方自殺，民主黨絕不可能接受。最後只會搞到政府關門，大家倒霉。

極右派大吼，那就把政府關了。

在貝納安撫之下，兩黨達成一個「非協議」：在一定期限內，如果談不攏，政府開支不分部門每年削減10%，連砍十年。這是強迫雙方妥協。

極右派不肯妥協，要民主黨照單全收，談判破裂。大削減（sequestration）開始，也砍到了極右派的金主，而其選區的福利也大受影響。

極右派大怒，認為貝納搞出了這個強迫妥協的陷阱，顯然是叛徒。從那時起，極右派不斷圖謀把他除掉。

第二局，歐記健保（Obamacare）。

極右派絕不妥協的焦土作戰，以及非友即敵的政策，使非共

和黨選民大起恐慌，即使全國經濟狀況改善不如預期，也支持歐巴馬再度連任。

共和黨內溫和派全面檢討，認為極端政策不為大多數人接受，應予修正。極右派恨到骨子裡，覺得這些人都背叛了他們，開始修改多是核心選民參與的初選規章，把溫和派候選人在初選那關就幹掉。接著針對他們心中的萬惡之源——歐記健保——發動攻勢。

既然共和黨為眾院多數黨，須提出政府預算案，極右派打算把歐記健保經費全刪，否則就把政府關了。

貝納再度搖搖頭。

歐記健保不但是歐巴馬成就的最高峰，更是自由派一百年來理想的實現。要他束手就範完全不可能。

另一方面，在批評歐記健保的聲浪高漲之際，歐巴馬實在承受不起政府關門帶來的名聲與政策的損傷。他幾乎是哀求共和黨：只要全民（強制）保險的門面留著，其他無不可談。

貝納希望共和黨利用這次機會把歐記健保的骨架給拆了，只留個門面。他甚至認為很有可能達成所謂的「大交易」（The Great Bargain）：與民主黨一次談妥對共和黨重要的所有議案。但是極右派見到歐巴馬疲態畢露，認為直搗黃龍，機不可失，威脅貝納：不提我們的預算案，我們就改提你的罷免案。貝納雖然知道不可行，但畢竟是個政客，於是屈服了。

歐巴馬一見案子，不降是死，投降也死，立即撕破臉。政府

要關就關吧。

極右派喜極歡呼，認為歐巴馬撐不了多久，一定會提頭來見。

事情卻與他們所想的大相逕庭。歐記健保的細節其實還沒決定，如何實施、特別是聯邦與州的權限有很大的裁量空間，如今卻為了這些未定但可談的事情而把政府關了，令人不解。

接下來許多人都受到影響，老兵的退休金也發不出了。甚至到國家癌症研究所的臨床試驗也被迫中止，只好把參與試驗的末期癌症病患給送回家了。

共和黨民調直線下降，甚至世界各國開始警告美國。貝納與一幫手下出來收拾殘局，與民主黨合作，預算案幾乎全照對方的意思通過。

極右派再次感到受人背叛，他們已經公開談論要除掉貝納。

第三局，再戰歐記健保。

2013年政府關門前，已經發生許多事讓極右派選民滿腔怒火。

2011年共和黨提名溫和派的米特‧羅姆尼（Mitt Romney）為總統候選人，迎戰因經濟不佳而被視為必敗的歐巴馬。然而羅姆尼為了要贏得黨內初選，刻意提出極右派喜歡的政策，說他們愛聽的。等到總統大選時，他又刻意轉向中間溫和路線，於是非共和黨選民不信任他，極右派指責他背叛，而無望的歐巴馬居然連任了。

極右派的解讀是：羅姆尼是因為背叛而遭到共和黨選民拋

棄。實際上共和黨的選票一票也沒少，是他嚇走太多中間選民了。但極右派不想聽實情。

而被極右派視為盟友、寄予厚望的首席大法官約翰‧羅勃茲（John Roberts），居然也拒絕判歐記健保違憲，認為國會立的法，應由國會自行解決。歐巴馬贏得了選票，同時象徵著歐記健保已經成為人民選出來的「全民的法」（Law of the Land）。

極右派再度感覺受到背叛。他們愈來愈極端，也排擠掉愈來愈多的黨內溫和派。被視為保守派鷹派大將、眾院第二號人物艾立克‧康特（Eric Cantor）竟然因為主持兩黨協商就在初選時遭指控不夠保守而被擠掉。共和黨常年靠煽動右派選民的憤怒情緒贏得地方選舉的策略，開始反噬自己。

2014年國會大選，大多數須改選的選區都是右派的鐵票區。而歐巴馬在通過各項立法時的妥協，也遭到左派選民的不滿，於是民主黨大敗，將近半個世紀以來，共和黨首次掌控參眾兩院。

極右派大為興奮，認為這證明了他們是對的。只要堅持立場，決不妥協，我們的選民就會歸隊。妥協即是背叛。

然而貝納想，這些人住在政治迷幻的氣泡中，我卻得面對政治現實。

政治現實是：歐巴馬還有否決權，民主黨在參院有超過四成席次，絕對可阻擋覆議。

他是共和黨實質上的領袖，不能坐視林肯的黨變成3K黨而完蛋，更不能聽任極右派幼稚的經濟觀念而把美國乃至全世界推

向大蕭條的深淵。

貝納一方面要先撫平極右派的怒氣，隨著他們對歐記健保的州補助條款提出釋憲案。再次出乎極右派預料的是，首席大法官羅勃茲採取中立態度，聽任自由派大法官退回該案。羅勃茲一貫的立場是：釋憲不能代替立法。極右派盛怒，小布希提名的羅勃茲成了歐巴馬以外，他們心目中最邪惡的人。

另一方面，貝納要推動舉債上限與解除大削減。他必須與民主黨合作。即使合作的範圍極微小，而且對共和黨選區也有利，但這就是妥協。極右派的觀點就是真理，而妥協就是罪惡。

他們在下一次的預算案中，鼓動同黨，推翻了貝納的提案。這形同不信任投票，把他當眾狠狠羞辱了一番。

在記者會上，感情豐富的貝納噙著淚，宣布撤回提案。

這個鄉下來的保守派政客、權力仲介，從沒想過有一天竟然成了共和黨內僅存的理性象徵。

第四局，計畫生育聯盟。

貝納對黨內控制力不再，隨時會下臺。他其實可以聯合黨內溫和派與民主黨合作，壓制極右派。可一旦這麼做了，共和黨必定分裂。他是忠誠的共和黨員，做不出這種事，況且他的政治前途也會因此了結。

另一方面，極右派全面開戰，從以往的「不妥協」提升到「不能談」。

稅務改革？免談！

移民改革？免談！

最低薪資？免談！

同工同酬？免談！

同性婚姻？免談！

只能談一樣：全都聽我的。

在白宮與國會之間，已經沒有貝納的仲介空間。歐巴馬不用再顧慮連任，滿心只考慮他的歷史地位。既然跟共和黨談只能投降，他心一橫，全部以行政命令解決。

極右派氣極，發動一連串訴訟、釋憲，但一切徒勞，只是搞壞形象。

只剩對立，這是美國政治極不幸的一刻。更不幸的是，一些原本上不了檯面的人，認為右派選民憤怒情緒可加以利用，因為「天下大亂、情勢大好」，紛紛出來參加共和黨總統初選，打算趁混水摸條大魚。

唐納‧川普：「墨西哥人是強暴犯。」

班‧卡森（Ben Carson）：「穆斯林不能當美國總統。」

卡莉‧菲奧莉娜：「一切都是歐巴馬的錯。」

這就是共和黨民調前三名總統候選人的水準！

在所有人注意力都為共和黨總統初選所吸引時，身為虔誠天主教徒的貝納卻默默計畫著他心目中一生中最大的成就：邀請教宗訪美，在國會發表演說。

強調基督教立國的美國保守派，一向與教廷有極好的關係。

雙方在許多社會倫理議題上立場一致。

但是這個教宗——方濟各，卻令保守派渾身不自在。

他說：「經濟與收入不平等是對窮人的壓迫。」

他說：「我們要關心、解決氣候劇烈變遷，而不是什麼也不做。」

他也說：「宗教是互相包容。包容與你不同的人。」

極右派已經控制了美國保守派，在他們聽來，這些教誨是「離經叛道」。他們一點也不喜歡方濟各，甚至叫他走開。在他們千方百計地想利用教會、將其轉化為自己的政治力量時，卻說方濟各的教誨是「干涉政治」，對他叫囂：「管好你自己的事！我們這裡是政教分離的。」這聽在長年搞政治的貝納耳中，實在是無限諷刺。

與此同時，極右派又「忘了」他們的使命是「平衡預算」、「遣返非法移民」、「捍衛婚姻」等等如跑馬燈般來來去去的社會政治熱門議題。他們要一個新的、能使右派選民激動的題目：計畫生育聯盟（Planned Parenthood）。

雖然規劃人工流產只是這個組織一小部分的工作，但墮胎、政府補貼、胎兒組織的研究捐贈、宗教、婚前性行為、個人選擇……有什麼議題的組合比這些看起來更令左右派激動？

在川普、卡森、菲奧莉娜等人的推波助瀾下，極右派不再理會共和黨核心的「建制派」（Establishment），決心刪除計畫生育聯盟經費。若民主黨不同意，他們就要把政府關了。

為了一個小單位的爭議，就要把政府關了？是的。如果連這個都不能讓歐巴馬政府就範，極右派要如何向胃口變大的核心選民交代？諷刺的是，這些選民正是極右派長期培養出的鐵票部隊。共和黨遭極右派反噬，而極右派居然也遭到川普帶頭的核心選民反噬。諷刺，諷刺，諷刺！

　　就在此時，貝納不管這些紛紛擾擾，專心準備迎接方濟各。

　　第九局，孤獨的最後一局。

　　事後看來，也許貝納早已決定不理會正殺得難分難解的第四局下半，準備獨力把比賽直接帶往第九局。

　　有一些極右派的眾議員已經放話出來，要糾眾杯葛方濟各的國會演說。眾所周知，貝納是虔誠的天主教徒，以往曾三次邀請前任教宗前來訪問，均未能成行，令他遺憾不已。這次他費盡心思，好不容易安排妥當，卻有人說要杯葛，卻不僅僅是對方濟各有意見。

　　貝納無暇理會這些小鼻子小眼睛的人。方濟各蒞臨演說時，他站在教宗後方，激動不已，頻頻拭淚。大家都知道，貝納將這一天視為他人生的最高峰。

　　演說後他與方濟各單獨會面。事後貝納說：「教宗挽著我的手，邀我為他禱告。我算什麼，能為他禱告？可是我照做了。」

　　有些記者說：當天他看來有種超乎尋常的平靜。

　　也許，只是也許，方濟各對他說：恨，不能解決這個世界的問題。你當愛人如己。

追尋凡夫俗子的天命

也許，只是也許，貝納回答：我父，我當遵循您的教誨。

方濟各訪問時曾說過這一句：「己所不欲，勿施於人。」（Do unto others as you would have them do unto you.）相信他會同意，這比「己之所欲，必施於人」要寬廣得多。

第二天，貝納宣布十月底辭去眾議院議長一職，震驚全美政壇。

記者會後，有人問他一句：預算案九月底到期，你會怎麼辦？

貝納的眼珠盯著那人說：政府不會關門。

十二月預算又要再審一次。屆時他大概會坐在俄亥俄州家中的電視前，心平氣和地看著這一切。

（後記：貝納辭職後，保羅・萊恩〔Paul Ryan〕繼任議長，配合2016年當選總統的川普推行劫貧濟富的稅改政策。即使如此，萊恩也無法承受極右派勢力，2018年宣布放棄連任。貝納公開宣稱，共和黨已然消亡，現在只剩下川普黨。）

追尋凡夫俗子的天命 / 葉愚著. -- 初版. -- 臺北市：
時報文化, 2018.08
　面；　公分. --（新人間；270）
ISBN 978-957-13-7506-9（平裝）

855　　　　　　　　　　　　　107012331

新人間 270
追尋凡夫俗子的天命

作　　者—葉愚
責任編輯—李雅蓁
校　　對—郭昭君、李雅蓁、翁蒂庭
封面設計—陳恩安
內頁排版—黃雅藍
行銷企劃—曾睦涵

製作總監—蘇清霖
發 行 人—趙政岷
出 版 者—時報文化出版企業股份有限公司
　　　　　10803臺北市和平西路三段240號7樓
　　　　　發行專線—（02）2306-6842
　　　　　讀者服務專線—0800-231-705（02）2304-7103
　　　　　讀者服務傳真—（02）2304-6858
　　　　　郵撥—19344724時報文化出版公司
　　　　　信箱—臺北郵政79~99信箱
時報悅讀網—http://www.readingtimes.com.tw
法律顧問—理律法律事務所 陳長文律師、李念祖律師
印　　刷—勁達印刷有限公司
初版一刷—2018年8月
定　　價—新台幣320元
行政院新聞局局版北市業字第80號
（缺頁或破損的書，請寄回更換）

ISBN 978-957-13-7506-9
Printed in Taiwan